DESEO

FIONA BRAND
Un marido conveniente

Editado por Harlequin Ibérica.
Una división de HarperCollins Ibérica, S.A.
Núñez de Balboa, 56
28001 Madrid

© 2016 Fiona Gillibrand
© 2019 Harlequin Ibérica, una división de HarperCollins Ibérica, S.A.
Un marido conveniente, n.º 2123 - 4.4.19
Título original: Needed: One Convenient Husband
Publicada originalmente por Harlequin Enterprises, Ltd.

I.S.B.N.: 978-84-1307-773-4
Depósito legal: M-5551-2019
Impresión en CPI (Barcelona)
Fecha impresion para Argentina: 1.10.19
Distribuidor exclusivo para España: LOGISTA
Distribuidor para México: Distibuidora Intermex, S.A. de C.V.
Distribuidores para Argentina: Interior, DGP, S.A. Alvarado 2118.
Cap. Fed./Buenos Aires y Gran Buenos Aires, VACCARO HNOS.

MIXTO
Papel procedente de
fuentes responsables
FSC® C108412
www.fsc.org

Este libro ha sido impreso con papel procedente de fuentes certificadas según el estándar FSC, para asegurar una gestión
responsable de los bosques.

Capítulo Uno

Kyle Messena entrecerró los ojos cuando la limusina aparcó delante de la iglesia de Dolphin Bay, situada en lo alto de una colina. La novia, vestida de tul blanco, bajó del vehículo segundos después. Llevaba un velo sobre la cara, lo cual impidió que la reconociera; pero la luz del sol brilló sobre su cabello leonado, y a él se le encogió el corazón.

No lo podía creer. Había hecho todo lo posible por sabotear el matrimonio de Eva Atraeus con un hombre que solo quería su dinero y, hasta ese mismo momento, estaba convencido de haberlo logrado. Pero, al parecer, ella le había engañado completamente.

Kyle, que esperaba a la sombra de un viejo roble, dio un paso adelante. Era un típico día del verano neozelandés, y el calor habría resultado insoportable si no hubiera sido por la brisa marina, que justo en ese momento levantó el velo de la novia.

Se había confundido. No era Eva.

Sin embargo, el sentimiento de alivio no relajó

la tensión que había acumulado a lo largo de los años, desde la muerte de su esposa y de su hijo; una tensión que atravesaba su indiferencia general hacia las relaciones con la contundencia de un cuchillo y que había crecido un poco más por culpa de aquella mujer.

Mario, su astuto tío abuelo, le había nombrado fideicomisario de la fortuna de los Atraeus, que su hija adoptiva iba a heredar. Pero el testamento tenía una cláusula draconiana: para acceder a la fortuna, Eva debía casarse con un Messena como él o con un hombre que estuviera verdaderamente enamorado de ella.

A Kyle no le había sentado bien la decisión de Mario. Sabía que era una maniobra de última hora para conseguir que se casara con Eva, a la que había deseado y renunciado más tarde. Pero, a pesar de ello, aceptó la responsabilidad; en parte porque no la había podido olvidar y, en parte, porque no soportaba la idea de que se desposara con otro.

La brisa volvió a levantar el velo de la novia, confirmando que se había equivocado de mujer. También era rubia, pero de un tono más claro y sin los reflejos naturales que Eva siempre había tenido; por lo menos, desde su adolescencia, cuando él la conoció.

Kyle se tranquilizó un poco. Aparentemente, había desbaratado su enésimo plan para encontrar marido. Y ya estaba a punto de marcharse cuando apareció un deportivo de color blanco con el logotipo de la empresa de Eva, Perfect Weddings.

Su conductora, que llevaba un traje de color rosa pálido que enfatizaba maravillosamente su figura, salió del coche y cerró la portezuela con un golpe seco. Luego, se colgó un bolso al hombro y se dirigió a la entrada de la iglesia, caminando de un modo indiscutiblemente sexy.

Con su metro sesenta y ocho de altura, Eva era demasiado baja para ser modelo de pasarela, pero sus elegantes curvas, sus exquisitos pómulos y sus exóticos ojos oscuros la habían convertido en una de las modelos de fotografía más importantes del país. Sensual, extravagante y aristocrática, fascinaba a los periodistas y volvía locos a los hombres, empezando por él.

Justo entonces, los miembros de la comitiva matrimonial entraron en la iglesia. Pero Eva vio a Kyle en ese mismo momento y, en lugar de seguir a los demás, cambió de rumbo.

–¿Qué estás haciendo en mi boda? –preguntó, mirándolo fijamente.

Kyle pensó que lo de su boda no era del todo falso. A fin de cuentas, se suponía que era ella quien se debía casar. Y, por supuesto, estaba enfadada porque él había desbaratado sus planes al ofrecerle un lucrativo empleo en Dubái a su pretendiente.

Sin embargo, Kyle no se arrepentía de ello. Desde su punto de vista, se había limitado a contrarrestar una oportunidad laboral con otra. Y el hecho de que Jeremy hubiera aceptado la oferta con alegría, como si estuviera encantado de no tener que casarse, justificaba sobradamente su decisión.

–No deberías organizar bodas cuando sabes que no van a llegar a buen puerto –replicó él.

–¿Y qué te hace pensar que no estoy enamorada de Jeremy?

Él arqueó una ceja.

–¿Enamorada? Os conocisteis hace cuatro semanas.

–La gente se puede enamorar en mucho menos tiempo. Lo sabes tan bien como yo, porque…

Eva no terminó la frase. Se ruborizó sin poder evitarlo y, tras ponerse las gafas de sol, volvió a su pregunta original.

–¿Qué estás haciendo aquí? Seguro que has venido a discutir conmigo.

Kyle se cruzó de brazos.

–Si crees que me puedes echar, olvídalo. Soy invitado del novio. Me encargo de su cartera de inversiones.

Ella respiró hondo, y Kyle se quedó fascinado cuando la irritación desapareció de su bello rostro tras una de esas sonrisas impresionantes que conquistaban portadas de revistas y corazones masculinos.

—Es la peor excusa que he oído en mi vida —se burló.

—Pero es verdad.

—¿En serio? —preguntó con sorna—. Has venido para asegurarte que no me saque otro novio de la manga.

—Por mí, te puedes casar cuanto te apetezca. Mi labor no consiste en impedírtelo.

Eva ladeó la cabeza.

—No, solo consiste en impedir que me case con quien yo elija.

—Porque no eliges bien.

En los meses anteriores, Eva había elegido tres novios distintos; los tres, individuos desesperados por tener dinero que estaban dispuestos aceptar los términos del testamento, es decir, que el matrimonio debía durar un mínimo de dos años. Pero Kyle, que tenía derecho a veto, había intervenido en todos los casos.

—Jeremy habría sido un marido perfecto. Es atractivo y agradable, además de tener un trabajo razonablemente digno.

—Solo quería tu dinero.

—Sí, es cierto que necesitaba una suma importante para cubrir ciertas deudas —admitió ella—, pero ¿qué tiene eso de malo?

–Es adicto al juego, Eva. Mario se revolvería en su tumba si te casaras con un ludópata.

La incomodidad del breve silencio posterior se vio intensificada por el sonido de las campanas de la iglesia.

–Bueno, si el hombre con quien me case tiene que gozar de tu aprobación, quizá deberías ser tú quien me lo buscara. Pero te recuerdo que debo casarme lo antes posible. Si no me caso antes de tres semanas, mi herencia quedará en suspenso y no la recibiré hasta dentro de trece años.

Kyle estaba decidido a resistir las presión de Eva, quien podía llegar a ser verdaderamente difícil; pero, a pesar de ello, se sintió culpable. Además, nunca se había sentido cómodo con el amor y las mujeres. Lo suyo eran las operaciones militares y el negocio bancario de su familia. Solo sabía de armas, tácticas y mercados financieros.

–No intento impedir que recibas tu herencia.

–No, pero es lo que estás haciendo.

Eva dio media vuelta y se alejó hacia su coche, dejándolo pasmado. Su voz había sonado sospechosamente ronca, como si estuviera al borde de las lágrimas.

Kyle frunció el ceño. Se habían conocido cuando ella tenía dieciséis años y él, diecinueve; y, durante los once transcurridos desde entonces, solo había llorado dos veces: la segunda, en el entierro de Mario; y la primera, cuando el propio Mario les dedicó una severa reprimenda por cierto interludio apasionado de su juventud.

Aquella noche estaban en la playa de Dolphin Bay. La luna brillaba sobre el océano, y a lo lejos se oía el rumor de la fiesta familiar de la que habían huido. Eva le pasó los brazos alrededor del cuello, y él respiró hondo para empaparse de su olor antes de inclinar la cabeza y rendirse al deseo de besarla que le había estado volviendo loco todo el verano.

Si Mario no hubiera aparecido poco después, habrían hecho bastante más que besarse.

Su rapapolvos posterior fue tan brusco como breve. Dijo que, por muy segura que pareciera Eva, era una joven muy vulnerable. Dijo que era el producto de una familia disfuncional. Dijo que necesitaba seguridad y protección, no seducción. Y, aunque no entró en detalles de ninguna clase, el mensaje no podía ser más claro y evidente: ella le estaba prohibida.

Pero ya no lo estaba.

A pesar de ello, Kyle no se hacía ilusiones sobre las razones que habían llevado a Mario a nombrarlo administrador de su testamento. Durante años, le había tratado como si él fuera un depredador que quisiera devorar a su criatura más querida. Quería que Eva se casara con alguno de los hijos de sus multimillonarios socios y, como ella insistía en rechazarlos, cambió de táctica.

De repente, sus prejuicios contra los Messena desaparecieron. Primero, intentó casarla con Gabriel y Nick, los hermanos mayores de Kyle, pero se casaron con otras mujeres. Luego pensó en Damian, su hermano pequeño, pero renunció a la idea porque estaba saliendo con una chica.

Solo quedaba él. Y como era la única opción, se lo jugó todo a una última carta: hacerle fideicomisario con la esperanza de que acabaran juntos.

Eva estaba llamando por teléfono cuando él se dirigió al lugar donde había dejado el Maserati. En teoría, no había nada que le impidiera volver a Auckland y a su organizada y ultraocupada existencia. Si salía enseguida, podía llegar a tiempo de cenar a con Elise, una ejecutiva de banca a la que había estado viendo los últimos meses; en general, por motivos de trabajo.

Pero, mientras se acercaba al Maserati, que estaba junto al deportivo blanco, tuvo la sensación de que Eva estaba tramando algo, y de que se había fingido triste para engañarlo.

Al fin y al cabo, había estudiado artes escénicas. Era actriz, y de las buenas. De hecho, le habían llegado a ofrecer un papel en una famosa serie de televisión, pero lo había rechazado porque, en aquella época, estaba a punto de fundar su propio negocio, una empresa de organización de bodas.

Convencido de que le estaba tomando el pelo, se guardó las llaves del Maserati en el bolsillo. Solo había una razón por la que pudiera querer que se sintiera culpable y se marchara de allí: que había encontrado otro candidato para casarse con ella.

La alcanzó cuando Eva todavía estaba hablando con un tal Troy. Kyle supuso que sería Troy Kendal, un deportista de élite al que había conocido la semana anterior en uno de sus esfuerzos desesperados por reclutar novios; y, muy a su pesar, volvió a sentir los celos que siempre le asaltaban en esas circunstancias, unos celos que reprimía a duras penas.

Si Eva había estado llorando, habrían sido lágrimas de cocodrilo. Solo quería librarse de él.

Kyle, que ya había renunciado a la idea de marcharse, esperó a que Eva cortara la comunicación y se guardara el móvil en el bolso.

–Tenemos que hablar –dijo entonces.

–Juraría que acabamos de hablar.

Eva dejó el bolso en el coche, se quitó las gafas de sol y miró la hora como si tuviera prisa. El viento le había soltado un par de mechones del moño, y tenía un aspecto extrañamente vulnerable. Pero Kyle no se dejó engañar por las apariencias.

–Hay una solución para tu problema. Solo tienes que casarte con un Messena y estar dos años con él, como dicta el testamento.

Ella arqueó una ceja.

–Aunque quisiera casarme con un miembro de tu familia, no tendría ninguna posibilidad. Gabriel y Nick están casados, y Damian está encantado con su novia –le recordó.

Kyle frunció el ceño. Eva tenía la irritante costumbre de sacarlo de la lista de los Messena, como si no fuera uno de ellos. Como si no hubiera pasado los brazos alrededor de su cuello en Dolphin Bay. Como si no se hubieran abrazado. Como si no se hubieran besado.

–Te olvidas de mí –replicó, perdiendo la paciencia–. Cásate conmigo.

Capítulo Dos

Eva tuvo que hacer un esfuerzo para no decir una grosería, y ni siquiera supo por qué le irritaba tanto. A fin de cuentas, Mario había intentado que se casara con alguno de sus hermanos, y nunca había estado a punto de perder los papeles.

Un año antes, cuando leyó las estipulaciones del testamento, sintió el deseo de esconderse bajo la mesa del abogado. Las intenciones de su difunto padre eran más que evidentes. Quería que el único Messena disponible se sintiera obligado a casarse con ella; y como también era el único hombre que la había rechazado, se quedó horrorizada.

–¿Me ofreces que me case contigo porque te doy pena? No necesito esa clase de ofertas, Kyle.

–Pero necesitas una oferta, ¿no? –dijo, clavando en ella sus fríos ojos azules–. Y, por otra parte, no sería para toda la vida. Nos divorciaríamos al cabo de dos años, cuando hayas recibido la herencia.

La pragmática solución de Kyle hizo que se le encogiera el corazón, lo cual le disgustó mucho.

Exsoldado de las fuerzas paracaidistas, Kyle Messena tenía una de esas miradas que parecían captarlo todo. Además, su metro ochenta y siete de altura, combinado con un cuerpo imponente, unos rasgos duros y un corte de pelo casi militar, le ganaban el favor de muchas mujeres.

Eva era generalmente inmune a ese tipo de atractivo. Estaba acostumbrada a tratar con los Atraeus, unos hombres tan formidables como los Messena; pero Kyle la sacaba de quicio porque siempre adivinaba sus intenciones, como si tuviera un sexto sentido. Y habría apostado cualquier cosa a que había intimidado a sus pretendientes.

Sin embargo, su propuesta de matrimonio no debería haberle molestado. Ella no creía en las relaciones amorosas. De hecho, no habría creído en ningún tipo de relaciones personales si Mario y su mujer no la hubieran encontrado y rescatado de la calle doce años antes.

Cuando supieron que había huido de su casa de acogida porque la maltrataban, llamaron al departamento de servicios sociales; pero, en lugar de dejarla allí y condenarla a otro hogar donde no la habrían querido, Mario llamó a algunos de sus contactos y consiguió que le permitieran vivir con ellos.

Por entonces, Eva era una joven de dieciséis años que había aprendido a desconfiar de todo y de todos. Nadie la había tratado bien, y la posibilidad de que Mario y Teresa fueran tan falsos como el resto de los adultos que había tenido que sufrir la asustaba mucho. Ni siquiera supo qué decir cuando se ofrecieron a adoptarla.

Sin embargo, la insistencia de la pareja y el amor incondicional de Mario terminaron por vencer su resistencia. De la noche a la mañana, la problemática Eva Rushton se había convertido en Eva Atraeus, miembro de una familia sorprendentemente cariñosa.

Pero su transformación no fue total. Había contemplado el fracaso de los tres matrimonios de su madre y, cuando Kyle la abandonó al año siguiente, decidió que no quería ser tan vulnerable.

Por desgracia, estaba lejos de haberlo superado. Ese era el problema. A pesar del tiempo transcurrido, se excitaba cada vez que lo veía. Y ni siquiera tenían una relación estrecha. A decir verdad, lo único que tenían en común era un amor adolescente que había durado poco.

Kyle se casó dos años después, y Eva llegó a la conclusión de que no la había querido tanto como ella a él. Pero eso eran cosas del pasado, y ahora tenía preocupaciones más urgentes. Gracias a su antiguo novio, solo le quedaban tres semanas para encontrar marido.

Su frustración reavivó la ira que había sentido

cuando Jeremy le informó de que ya no se quería casar, pero combinada esta vez con un acceso de pánico. Mario Atraeus no podía haber elegido mejor perro guardián para los inesperados términos de su testamento.

Pero, ¿por qué saboteaba todas sus bodas? Aunque Eva no tenía pruebas reales de su intervención, estaba segura de que era culpable de que Jeremy se hubiera ido con el rabo entre las piernas y de que sus dos pretendientes anteriores se hubieran echado atrás en última instancia.

Era de lo más desconcertante. Se llevaban tan mal que, al principio, pensó que se lavaría las manos y permitiría que se casara con cualquiera, aunque solo fuera porque le desagradaba que Mario le hubiera nombrado administrador de su testamento.

–No, gracias –dijo al fin–. Te lo agradezco mucho, pero no me casaré contigo.

Eva se sentó en su deportivo y cerró la portezuela. No podía creer que hubiera tenido el atrevimiento de ofrecerle el matrimonio por pena. De hecho, estaba tan alterada que arrancó de forma brusca, dio media vuelta y se alejó a toda velocidad hacia el Dolphin Bay Resort, el hotel donde se iba a celebrar el banquete.

Para empeorar las cosas, era el mismo sitio donde Kyle la había besado años atrás. Pero ahora tenía un negocio, y estaba obligada a ser pragmática. El Dolphin Bay Resort, que pertenecía a su familia, le había hecho un descuento increíblemente generoso, y habría cometido una estupidez si lo hubiera rechazado por culpa de unos cuantos recuerdos.

Minutos más tarde, entró en el hotel donde se iba a llevar a cabo la lujosa y original recepción, acto que iba a ser clave en la promoción de su negocio; y acto que habría sido el de su boda si Kyle no le hubiera ofrecido a Jeremy un trabajo tan tentador como para abandonarla y marcharse a Dubái.

Eva se volvió a enfadar al recordar lo sucedido, pero respiró hondo y se miró en uno de los espejos que decoraban las paredes, intentando recuperar su aplomo habitual. Últimamente, estaba tan alterada que dormía mal y se ponía a llorar por cualquier cosa.

Por suerte, la imagen que le devolvió el espejo no mostraba debilidad alguna. Su elegante moño francés estaba tan perfecto como de costumbre; y su exuberante figura, disimulada por el traje de color rosa pálido y los zapatos y el bolso a juego, no supondría el problema que podía llegar a ser en el sector de la organización de bodas.

Su negocio era muy particular. Tenía normas no escritas, como la de no competir con la novia o las invitadas en cuestión de belleza; pero ella lo desconocía al principio y, cuando le hicieron su primer encargo, se presentó demasiado atractiva, lo cual tuvo dos consecuencias desafortunadas: la primera, que despertó el interés del novio; y la segunda, que la despechada novia suspendió la boda.

Naturalmente, Eva había aprendido la lección y, desde entonces, procuraba tener un aspecto más profesional.

Al llegar a la sala de baile, saludó a los empleados del hotel. Era la sexta celebración que organizaba en Dolphin Bay, así que la conocían de sobra. Pero ella se puso tensa cuando el maître, un hombre generalmente distante, la miró con pena mientras observaba una escultura de cisnes de hielo. A fin de cuentas, todos sabían que aquella boda tendría que haber sido la suya.

En otras circunstancias, Eva se habría animado segundos después, cuando vio la tarta: una maravilla blanca con flores de azúcar tan magistralmente elaboradas que parecían de verdad. Sin embargo, la frustración que sentía y el hecho de que Kyle pareciera empeñado en impedir que se casara le arruinó el momento.

Deprimida, entró en la cocina del hotel, un espacio de paredes blancas y superficies de acero. El alegre murmullo de las conversaciones se detuvo al instante, y a Eva se le encogió el corazón porque los pinches y cocineros la miraron igual que el maître.

Pero, ¿por qué estaba tan triste? No tenía ni pies ni cabeza. Ni amaba a Jeremy ni había tenido intención de casarse con nadie hasta que Mario la forzó a ello con la maldita cláusula del testamento. Su difunto padre había decidido que solo encontraría la felicidad conyugal si él intervenía.

Obviamente, Mario no podía saber que su injusto plan la obligaría a enfrentarse a sus peores fantasmas, que se presentaron con más fuerza que nunca cuando organizó su boda con Jeremy: el deseo de tener un amor que no tenía y el deseo de ser madre.

En cuanto al amor, estaba convencida de que sus posibilidades de encontrarlo eran bastante escasas; pero lo de ser madre no era cuestión de convencimiento, sino de un hecho tan duro como cruel. No podía tener hijos. Había heredado el trastorno genético de su madre, que había provocado la muerte de su hermana gemela y de dos hermanos más.

Desde luego, Eva seguía albergando la esperanza de conocer a un hombre al que no le preocupara su trastorno y que, además, quisiera adoptar niños; pero se sentía como si llevara la muerte en los genes,y no se hacía demasiadas ilusiones al respecto.

Fuera como fuera, pensó que había cometido un error al diseñar una boda por todo lo alto, teniendo en cuenta que su matrimonio con Jeremy habría sido de conveniencia. Había abierto la caja de Pandora de sus deseos y necesidades, y ya no la podía cerrar.

Sin embargo, cruzó la cocina con la mejor de sus sonrisas y sacudió la mano al ver al cocinero jefe, Jerome, un parisino con dos estrellas Michelin. Jerome había diseñado el menú para ella, y se llevó un disgusto cuando supo que no se iba casar, aunque le alegró que hubiera vendido la boda a una pareja que estaba desesperada por casarse porque iban a tener un hijo.

Hasta ese detalle era una burla del destino. La novia iba a disfrutar del acto que Eva había preparado para sí misma y, por si eso fuera poco, estaba esperando lo que ella no podría nunca tener, un bebé.

Decidida a olvidar el asunto, sacó el menú que llevaba en la bolsa y lo revisó con Jerome. Por una vez, no había ningún problema de última hora. Todo iba anormalmente bien.

Tras admirar el exquisito montón de pasteles que el cocinero jefe estaba decorando, se marchó rápidamente al salón. No tenía prisa, pero le asustó la posibilidad de que Jerome dejara su paleta a un lado y le diera un abrazo para animarla, cosa que habría resultado catastrófica en su situación emocional.

Eva se quedó mirando los blancos manteles, el destello de las arañas de cristal y los centros de rosas blancas que adornaban las mesas. ¿Por qué le incomodaba tanto que Kyle le hubiera propuesto matrimonio? Ya no estaba inmersa en su doloroso y sensiblero primer amor. Ya no tenía diecisiete años. Ya no le deseaba. ¿O sí?

Los invitados empezaron a llegar en ese momento, y ella abrió el bolso y sacó las gafas más feas que llevaba encima. Eran de imitación, pero había observado que su ancha y oscura montura tenía el efecto de alejar las miradas que su imponente figura solía atraer.

Luego, se dirigió a recepción a echar un último vistazo. La sala estaba perfectamente decorada, gracias a sus esfuerzos y a los de su ayudante, Jacinta Doyle. Los camareros estaban preparando el champán, y el bufé se había llenado de bandejas de canapés.

Una vez más, Eva lamentó su mala suerte. Había hecho un gran trabajo con la organización de la boda, creyendo que iba a ser la suya. Pero era un trabajo muy bien pagado y, si seguía soltera tres semanas después, iba a necesitar mucho dinero para no perder su casa ni su negocio.

Al cabo de unos segundos, su ayudante se le

acercó y la miró con simpatía, aunque tuvo el buen juicio de no meterse en los asuntos de su jefa. De hecho, abrió la carpeta que llevaba encima y empezó a leer una pequeña lista de detalles que se podían mejorar. Y, mientras los estaban discutiendo, se detuvo de repente y preguntó:

–¿Quién es ese?

Eva se giró y frunció el ceño. Evidentemente, Jacinta se refería a Kyle, que acababa de llegar; pero fingió que no lo sabía.

–¿A quién te refieres? Hay cien personas en la habitación.

Jacinta, que salía con un hombre distinto todas las semanas, señaló a Kyle y se llevó la mano al pecho, en un gesto exageradamente dramático.

–Es un bombón –dijo–. Creo que me acabo de enamorar.

El comentario irritó a Eva, que replicó:

–¿No estabas saliendo con un tal Geraldo?

–Se llamaba Gerald, pero se quedó sin dinero y volvió a Francia –explicó, encogiéndose de hombros.

–Pues no te hagas ilusiones con Kyle, porque perderías el tiempo –dijo Eva, haciendo un esfuerzo por parecer desinteresada–. Es demasiado viejo, y no tiene un carácter lo que se dice precisamente divertido.

–¿Cuántos años tiene?

La irritación de Eva se convirtió en algo más profundo y molesto que no habría podido definir.

–Treinta.

–Eso no es ser viejo… –afirmó Jacinta.

–Olvídate de Kyle Messena –bramó su jefa, perdiendo la paciencia–. No está libre.

Jacinta la miró con curiosidad, y Eva comprendió que su tono de voz había despertado su interés.

–¿Kyle Messena? Ya decía yo que me resultaba familiar. ¿No es el que perdió a su esposa y a su hijo en una especie de atentado terrorista?

Jacinta volvió a mirar a Kyle, como queriendo dejarle claro que lo miraría tanto como quisiera y cuantas veces quisiera. Y Eva, cuyo enfado iba en aumento, decidió usar la excusa del trabajo para poner fin a su conversación.

–Vamos con diez minutos de retraso –dijo, mirando la hora–. Habla con el chef y dile que se dé prisa. Yo me tomaré algo y hablaré con los músicos. Quiero salir de aquí antes de medianoche.

Jacinta cerró la carpeta.

–No te preocupes. No habrá ningún problema.

Eva pensó que su ayudante estaba equivocada. Había un problema, y de los grandes; un problema antiguo, que había vuelto a su vida inesperadamente.

Por razones que ni ella misma comprendía, los comentarios de Jacinta habían despertado en ella un sentimiento primitivo y feroz que solo había experimentado una vez, durante su adolescencia: cuando se enteró de que Kyle estaba saliendo con otra mujer.

Necesitaba estar sola unos momentos, y lo necesitaba con urgencia, porque había permitido que sus emociones la dominaran hasta el punto de sentir celos por culpa de Kyle Messena, un hombre del que no quería saber nada.

Capítulo Tres

Kyle entró en el bar a pedir una cerveza, porque no le apetecía tomar champán. Pero, a decir verdad, su sed no tuvo tanto que ver en el asunto como el hecho de que Eva estuviera en la barra.

Cuando se detuvo a su lado, ella frunció el ceño y alcanzó su vaso de agua con gas. Kyle pensó que estaba verdaderamente impresionante, a pesar de sus espantosas gafas. Se suponía que había superado el efecto que causaba en él, pero era una mujer tan espectacular que la deseaba con todas sus fuerzas cada vez que la veía.

–¿Qué haces aquí? Pensé que te habías marchado –dijo ella.

Eva apartó la mirada, lo cual le desconcertó. En general, tenía una actitud fría, distante o beligerante, pero nunca defensiva. Y, definitivamente, estaba a la defensiva.

Kyle se encogió de hombros, pidió una cerveza al camarero y respondió:

–Decidí quedarme un rato. Tenemos una conversación pendiente.

–Si quieres hablar de los términos del testamento, olvídalo. He leído la letra pequeña y…

–¿Seguro que la has leído?

Eva se ruborizó, y Kyle supo que era perfectamente consciente de la intención oculta de Mario, es decir, forzarla a casarse con él. Pero eso no le llamó tanto la atención como su incomodidad. Se estaba comportando de forma extraña, como si le hubiera pasado algo, como si algo hubiera cambiado.

–Discúlpame –replicó ella–. Tengo que volver al trabajo.

Kyle no entendía nada. ¿A qué venía esa actitud? Eva no era de la clase de personas que se ruborizaban, apartaban la vista y salían corriendo por cualquier cosa. ¿Qué se le estaba escapando?

Ella intentó alejarse, pero la zona del bar se había llenado de gente, lo cual complicó su huida. Y entonces, Kyle cayó en la cuenta de lo que pasaba. Estaba en la misma situación que él. Estaba luchando contra el deseo.

Animado por el descubrimiento, la adelantó como pudo y le cerró el paso de forma tan brusca que Eva se quedó a un centímetro escaso de su pecho, casi rozándolo.

Kyle notó su perfume y se maldijo para sus adentros. Si hubiera sido un hombre sensato, la habría dejado en paz; pero el afán de provocar una reacción, de obligarla a admitir que lo deseaba, era demasiado fuerte.

—Mario introdujo esa cláusula en el testamento porque quería que te casaras con alguien que te quiera de verdad, Eva.

—Lo sé mejor que nadie. Te recuerdo que estás hablando de mi padre adoptivo. Pero no sé por qué te empeñas tú.

Kyle entrecerró los ojos.

—Porque eres de la familia.

—Solo técnicamente. No soy una Atraeus de verdad.

Él frunció el ceño y dijo:

—¿Ah, no? Tu apellido es Atraeus.

Eva respiró hondo, sintiéndose aliviada. Durante un momento, había creído que Kyle se había dado cuenta de que lo que sentía; pero el hecho de que no hiciera ningún comentario al respecto la convenció de lo contrario.

—Eso no significa nada. Mario me adoptó. No llevo su sangre en las venas.

—Mario quería ayudarte. Quería que fueras feliz.

—Tengo veintiocho años, Kyle. Soy una mujer adulta, y sé lo que necesito para ser feliz.

—¿Pagar a un hombre para que se case contigo?

Eva suspiró.

–Corrígeme si me equivoco, pero los matrimonios de conveniencia eran habituales entre los Messena y los Atraeus.

–Sí, lo eran. Hace un siglo.

–Pues alguien se lo debería haber dicho a Mario. Casarte por interés no es lo peor que puedes hacer.

Eva sabía por experiencia que el amor podía ser mucho más dañino. Lo había visto en su madre, Meg Rushton, una mujer enamoradiza cuyas relaciones acababan sistemáticamente de forma desastrosa. Y ella, una niña que llevaba ropa de segunda mano y cenaba cereales a falta de otra cosa, había sufrido las consecuencias de su permanente depresión.

–¿Es que no lo entiendes, Eva? Un hombre que se deja comprar para casarse contigo es un hombre poco digno de confianza. Si tiene tan pocos escrúpulos, sería capaz de obligarte a acostarte con él.

En ese momento, un joven quiso apartarla para llegar al bar. Kyle lo detuvo con una mirada asesina y un cambio de posición; pero, al moverse, rozó el brazo de Eva, que sintió un escalofrío de placer.

Incómoda, intentó concentrarse en otra cosa y clavó la vista en las botellas de la barra. No quería admitirlo, pero le encantaba que Kyle siguiera siendo tan posesivo con ella como cuando eran novios. Además, sus palabras parecían indicar que estaba sinceramente preocupado por su futuro, lo cual la desconcertó por completo.

¿Sería posible que solo pretendiera protegerla? ¿O es que tenía un interés personal en el asunto? Cabía la posibilidad de que saboteara sus matrimonios porque la seguía deseando; en cuyo caso, no soportaría la idea de que se acostara con otros.

Tras sopesarlo rápidamente, Eva llegó a la conclusión de que no se trataba de eso, sino de una simple y pura cuestión de carácter. Kyle y sus hermanos habían recibido una educación bastante conservadora, y tendían a ser paternalistas con las mujeres. El hecho de que se metiera todo el tiempo en sus asuntos no significaba que se sintiera atraído por ella.

–Sé manejar a los hombres. Créeme, el sexo no será un problema.

Él clavó la vista en sus labios.

–¿Que no lo será? Si dices eso, es que no conoces a los hombres –replicó.

A Eva se le hizo un nudo en la garganta. Y no se le hizo porque la estuviera acusando de ser una ingenua, sino porque su bajo y ronco tono de voz la sacó de dudas definitivamente: Kyle la deseaba.

Por desgracia para ella, una segunda persona intentó apartarla para llegar al bar, y él reaccionó de forma tan protectora como la vez anterior. Pero, en esta ocasión, le pasó un brazo alrededor de la cintura y, aunque su gesto fue más cortés que sensual, Eva se volvió a estremecer y le lanzó una mirada que traicionó sus sentimientos. Ahora, Kyle también sabía que estaba loca por él.

—Vámonos de aquí.

Kyle la tomó de la mano y se abrió paso entre la multitud mientras la mente de Eva se llenaba de recuerdos románticos: cómo huyeron de aquella fiesta en Dolphin Bay, cómo latía su corazón la primera vez que fueron a la playa, qué felices fueron durante unas cuantas semanas.

Nerviosa, rompió el contacto e intentó hacer caso omiso a lo que sentía. Kyle se detuvo al instante y, curiosamente, junto a la tarta de bodas.

—Quizá te creas capaz de casarte con un hombre al que apenas conoces y vivir con él, pero a mí no me engañas —dijo—. No has vivido nunca con ninguno.

—El hecho de que no haya tenido ninguna relación larga no significa que…

—¿Ninguna relación larga? —la interrumpió—. No has tenido ninguna, de ninguna clase.

Ella se quitó las gafas, ofendida.

—¿Cómo puedes saber eso?

Eva encontró la respuesta antes de terminar la frase: evidentemente, lo sabía por sus hermanas, las gemelas Sophie y Francesca, de quienes ella era amiga desde hacía años. Kyle se habría interesado al respecto, y ellas le habrían dicho que no estaba saliendo con nadie porque no les habría parecido que fuera un detalle importante.

–Ah, ya lo sé –continuó–. Me has estado espiando.

–Espiando, no. Me limito a informarme de lo que haces. Forma parte de mi trabajo.

Eva pensó que ese tipo de cosas se le daban muy bien. Kyle había estado en el servicio de inteligencia del Ejército, y ella lo había pasado tan mal durante su primera misión en el extranjero que ni siquiera podía dormir. Tenía miedo de que lo hirieran o lo mataran. Y luego, cuando por fin volvió, se enteró de que se había casado con otra.

–Yo no soy un trabajo –dijo, cruzándose de brazos.

–No –replicó él, mirando la enorme tarta de bodas con incredulidad–. Solo eres una molestia.

–Entonces, ¿por qué te comportas como si lo fuera?

–Porque Mario me eligió a mí, por mucho que me disguste.

–Pues yo tendría cuidado con lo que haces. Si insistes en impedir que me case, serás mi perro guardián hasta dentro de trece años.

–Troy Kendal no se casará contigo.

Eva tendría que haberse llevado una sorpresa al oír ese nombre, pero no se la llevó. Kyle había demostrado ser un espía tan eficaz que ni siquiera se preguntó cómo lo había descubierto.

–Eso habrá que verlo –dijo, poniéndose otra vez las gafas–. Pero será mejor que dejemos esta conversación para otro día. Tengo cosas que hacer.

Eva dio media vuelta y se marchó, tan incómoda como al principio. ¿Por qué le gustaba tanto la actitud de Kyle? ¿Por qué le alegraba que se librara de todos sus novios? En lugar de estar enfadada con él, estaba encantada.

Kyle la siguió con la mirada, hechizado con el movimiento de sus caderas; pero frunció el ceño cuando un joven se le acercó, le puso una mano en la espalda y se giró hacia él con cara de pocos amigos.

Troy Kendal no se parecía al resto de sus pretendientes. No encajaba en el grupo de hombres mayores y fácilmente manipulables donde Eva intentaba pescar. Tenía veinticuatro años, cuatro menos que ella. Era un jugador de rugby con fama de mujeriego cuya carrera se había ido al traste por culpa de una lesión y, por lo visto, necesitaba dinero con urgencia.

Kyle se relajó un poco al ver que Eva le apartaba la mano, como queriendo decir que el acuerdo al que habían llegado era de carácter estrictamente económico. Sabía dónde y cuándo se habían conocido: en un club de Auckland, cuatro días antes. Y también sabía que era un hombre completamente inapropiado para su antigua novia.

Tras sentarse junto a una enorme palmera en un sitio desde donde los podía vigilar, sacó el teléfono móvil y llamó a uno de sus contactos. Por suerte, el banco de su familia invertía mucho dinero en la liga de rugby profesional y, al cabo de unos momentos, ya había conseguido que un equipo ofreciera un contrato a Kendal.

Cinco minutos después, Kendal recibió una llamada. Diez minutos más tarde, se fue de la boda con una rubia y, justo entonces, sonó el teléfono de Kyle. Era su contacto, quien le confirmó que el jugador había aceptado la oferta.

Kyle se sintió inmensamente aliviado. Sabía que Eva se enfadaría con él cuando lo supiera, pero no se arrepentía en absoluto. Desde su punto de vista, Kendal era un individuo despreciable, un canalla al no quería cerca de ninguna mujer que le gustara, tanto si era de su familia como si no.

Sin embargo, Kyle solo se interponía en sus planes porque Eva no se fijaba nunca en hombres honrados que se pudieran enamorar de ella y a los que ella pudiera amar. Parecía empeñada en casarse con vividores y perdedores de baja estofa que, por supuesto, no eran inmunes a su increíble belleza y que, por supuesto también, habrían hecho lo necesario por llevarla a la cama.

Cada vez que lo pensaba, se le encogía el corazón.

No, jamás permitiría que un tipo como Kendal se acostara con ella. Tendrían que pasar sobre su cadáver.

Además, las cosas habían cambiado de repente. Ahora sabía que Eva lo deseaba, y ya no estaba dispuesto a mantenerse al margen, esperando a que buscara otro novio. Le había propuesto matrimonio, y ella lo iba a aceptar. Solo era cuestión de tiempo.

Eva volvería a ser suya.

Capítulo Cuatro

Eva se sirvió un pedazo de la apetecible tarta y, no contenta con eso, añadió dos pastelitos y pidió una copa de champán. Sabía que el exceso de calorías terminaría directamente en sus caderas, pero no había comido nada en varias horas. Además, estaba en una boda, y se suponía que una boda era un acontecimiento lúdico.

Plato en mano, cruzó el salón principal, donde la gente seguía bailando. Los recién casados se acababan de ir y, como ya no tenía que mantener su disfraz, se quitó las pesadas gafas, que le empezaban a hacer daño. Fue todo un alivio, y se habría sentido mucho mejor si no hubiera tenido miedo de que Kyle se le acercara de nuevo.

Nerviosa, echó un vistazo a su alrededor, aunque no era necesario: había desarrollado una especie de sexto sentido en lo tocante a él, y no necesitaba mirar para saber dónde estaba. Pero ni sus ojos ni su intuición le sirvieron de mucho, porque Kyle parecía haber desaparecido.

¿Se habría marchado a casa?

Tras luchar unos segundos contra su inespera-
do y nada querido sentimiento de decepción, salió
en busca de Troy.

Al principio, pensó que estaría con Jacinta, con
quien había estado charlando en varias ocasiones;
pero desechó la idea cuando vio que su ayudante
mantenía una animada conversación con el padrino, un hombre bastante más atractivo que el novio.
Luego, salió al jardín y se acercó a la zona de las
mesas, donde lo había visto por última vez.

Hacía una noche perfecta, y los invitados se de-
dicaban a disfrutar de la agradable temperatura y
las hermosas vistas, que ella admiró brevemente.
Las exóticas plantas tenían un aspecto maravilloso
a la luz de los faroles. Pero entonces, se acordó
de que Troy había estado bebiendo con una rubia
impresionante y, como tenía fama de ser un mujeriego, se preocupó.

Decidida a encontrarlo, cambió de rumbo y
se dirigió a la pista de baile. Tampoco estaba allí,
así que echó un vistazo al vestíbulo de hotel y se
quedó merodeando junto al servicio de caballeros
mientras se servía más pastelitos y otra copa de
champán.

Como Troy seguía sin aparecer, salió a la enorme piscina, que estaba completamente vacía y
miró en los vestuarios, igualmente desocupados.
Empezaba a pensar que se había marchado con la

rubia o que habían reservado una habitación en el hotel.

Sin embargo, no se sentía decepcionada en absoluto. Troy ni siquiera le caía bien. Y, tras sentarse en una de las sillas, se terminó el champán y se guardó la copa en el bolso con intención de dejarla después en el bar.

Ya estaba disfrutando de un pastel de chocolate con flores de azúcar como las de la tarta cuando escuchó una voz de lo más familiar.

—Si estás buscando a Kendal, se ha ido.

—¿Con la rubia?

—Con la rubia.

Eva dejó el resto del pastel en el plato e intentó no sentirse feliz por el hecho de que Troy se hubiera marchado y Kyle siguiera allí. Era una situación tan habitual como irónica: los hombres con los que intentaba casarse huían de ella como si tuviera la peste, y el único del que ella intentaba huir, aparecía constantemente a su lado.

—¿Qué le has dicho para que se vaya?

Kyle salió de entre las sombras, justo en el sitio donde empezaba el camino que llevaba a la playa. Era un camino que no habría podido olvidar, porque era el que habían tomado en su adolescencia para disfrutar de su primer y último encuentro amoroso.

Incómoda con la deriva de sus pensamientos,

alcanzó un pastelito de limón y le pegó un bocado, pero descubrió que ya no tenía hambre. Kyle se quitó entonces la chaqueta, la dejó en el respaldo de una silla y se acercó.

–No le he dicho nada.

–¿Ah, no? –dijo ella, admirando sus duros rasgos de guerrero–. Me extraña que te hayas librado del resto de mis pretendientes y no tengas nada que ver con la desaparición de Troy.

Kyle se soltó la corbata y se desabrochó un par de botones de la camisa. Ella contempló un momento la musculosa columna de su cuello y apartó la mirada con nerviosismo, aunque la clavó después en sus ojos. Tenía ojeras, como si no hubiera dormido bien.

Eva pensó que se lo tenía merecido, y se negó a sentir lástima por él. A fin de cuentas, era el culpable de su situación. Si no se hubiera empeñado en sabotear todos sus matrimonios, los dos habrían dormido a pierna suelta.

–El agente de Kendal le ha hecho una oferta que no ha podido rechazar.

Ella respiró hondo y se armó de paciencia. Perder los estribos con Kyle habría sido completamente inútil, porque era tan duro como una roca. De hecho, esa era una de las cosas que más le habían gustado de él cuando se conocieron. Era firme, fuerte, inquebrantable.

–Ah, dinero… Sí, tendría que haberlo imaginado.

Kyle se acercó al borde de la piscina.

–De todas formas, Kendal tiene mala reputación en materia de mujeres. No lo habrías podido controlar.

–Y, como yo no habría podido, me has quitado el problema.

Eva se levantó de golpe, indignada; pero, con las prisas, olvidó que había dejado el bolso en el suelo y tropezó con él.

Kyle la agarró rápidamente del brazo e impidió que se cayera. O, por lo menos, lo habría impedido si ella no se hubiera apartado con tanta violencia que perdió el equilibrio una vez más, aunque en dirección distinta: en la dirección del agua.

En un esfuerzo por evitar que Eva se pegara un chapuzón, Kyle se inclinó hacia delante y cerró la mano sobre su muñeca; pero solo sirvió para que los dos terminaran en la piscina.

Eva salió segundos después a la superficie, consciente de que sus zapatos de tacón se habían quedado en el fondo. Si hubiera estado sola, se habría sumergido y los habría recuperado al instante, porque le gustaban mucho y, además, eran bastante caros. Sin embargo, no quería que Kyle disfrutara de otro espectáculo gratuito, así que nadó hacia la escalerilla.

Mientras subía, intentó no fijarse en Kyle, que salió del agua con la agilidad de un felino. Estaba enfadada con él, pero no pudo mantener su enfado porque estaba empapada y porque cada vez que miraba a su acompañante, cuya camisa se le había pegado al pecho, la mente se le quedaba en blanco.

Para empeorar las cosas, Kyle se quitó la corbata y la camisa, dejándole ver su impresionante tórax. Eva entró en los vestuarios, alcanzó dos toallas y tras lanzarle una de mala manera, se empezó a secar.

En lugar de lo hacer lo propio, él dejo su toalla en una tumbona, se zambulló en la piscina y reapareció con sus zapatos en la mano. El agua caía por su bronceada piel cuando se le acercó y se los dio.

—Siento haberte empujado —dijo Kyle.

Eva estuvo a punto de replicar que, técnicamente, era ella quien lo había empujado a él; pero se dio cuenta de que lo decía con ironía, y se puso a secar los zapatos para refrenar su deseo de sonreír. No quería encontrarlo divertido. No quería volver a sentir lo que había sentido años atrás.

—Me alegra que te hayas caído. Te lo merecías.

Kyle sonrió.

—No has cambiado nada —dijo—. Eres la Eva de siempre.

Eva no se lo tomó como un halago. Lo sucedi-

40

do años atrás la había convencido de que Kyle la consideraba una especie de chica descarriada, la típica niña adoptada que estaba llena de problemas. Y, obviamente, ningún Messena habría querido salir con una chica como esa.

Sin embargo, las opiniones de Kyle no le interesaban tanto en ese momento como la visión de su impresionante pecho, que ahora tenía cicatrices de cuchillo y de bala. Sabía que lo habían herido dos veces, y que la segunda había sido de gravedad, como demostraba el hecho de que lo hubieran trasladado urgentemente a Auckland.

Cuando ella lo supo, llamó por teléfono para interesarse por su estado; pero no le quisieron dar información, así que se presentó en el hospital. Por suerte, sus contactos con los Messena y su estatus de modelo famosa le permitieron acceder a la habitación, donde lo encontró inconsciente y conectado a un montón de tubos y monitores.

Al cabo de un rato, apareció una enfermera y le pidió que se marchara, cosa que hizo. Y se alegró de haberse ido, porque Kyle abrió los ojos en ese preciso instante.

–Sabía que eras tú. Estuviste en el hospital cuando me internaron.

Eva se quedó helada.

–Es posible.

Él se pasó una mano por el pelo.

–Pensé que estaba soñando, pero la enfermera me lo confirmó.

Eva se inclinó y se puso los zapatos sin más intención que la de tener una excusa para no mirarlo a los ojos.

–No tiene importancia. Estaba en Auckland –mintió–, y cuando supe que habías tenido un accidente...

–No fue un accidente. Me hirieron en acto de combate.

Ella carraspeó.

–Lo sé, pero no quería decirlo por si...

–¿Por si sufro estrés postraumático? ¿Fatiga de guerra? –la interrumpió–. Sería imposible, porque no recuerdo lo que pasó. Pero, ¿por qué no te quedaste?

–Porque no me lo permitieron –contestó–. Estabas muy grave, Kyle.

–No estaba tan grave. De hecho, mi familia fue a verme al día siguiente –replicó él–. ¿Cómo supiste dónde encontrarme?

Eva se ruborizó a su pesar. Obviamente, no le podía decir que estaba tan preocupada por sus aventuras militares que se pasaba la vida buscando información en Internet, leyendo partes de guerra y hasta llamando al cuartel general de su regimiento.

–Tengo una amiga modelo cuyo novio estaba

en las fuerzas especiales –dijo, contando solo una parte de la verdad–. Le comenté que te habían herido, y me hizo el favor de localizarte.

–Pero no volviste al hospital.

Eva alcanzó el bolso y se lo puso al hombro.

–Porque estaba ocupada –replicó–. ¿Qué es esto? ¿Un interrogatorio?

Azorada por sus propios sentimientos, Eva intentó caminar con los húmedos zapatos. Mientras probaba, se pasó las manos por la chaqueta y la falda, para quitar el agua que aún contenían, y solo consiguió que varios chorros le bajaran por las piernas.

–Quizá deberías quitarte la chaqueta –comentó él, escurriendo su camisa.

Eva había sido modelo, así que estaba acostumbrada a quitarse la ropa delante de la gente, pero no se la quitaría delante de Kyle.

–No –dijo.

Justo entonces, se dio cuenta de que las espantosas gafas que usaba como disfraz ya no estaban en su bolsillo. Probablemente, habían terminado en el fondo de la piscina.

–Que se queden allí –declaró Kyle–. Además, tú no necesitas gafas. Tienes vista de águila.

–¿Ah, sí? ¿Cómo lo sabes?

–¿Ya no te acuerdas de nuestras competiciones de arco?

–Por supuesto que me acuerdo –dijo ella, pensando en sus días en Dolphin Bay–. Siempre me ganabas.

–Porque tenía mucha práctica. Pero tú no quedabas tan mal… quedabas segunda –ironizó Kyle.

La súbita calidez de su mirada la estremeció. La distancia emocional que había preservado contra viento y marea había desaparecido. Estaba ausente desde que se dio cuenta de que Kyle la deseaba.

Eva se acercó a la piscina y miró el fondo. Las gafas se veían perfectamente.

–Las necesito para trabajar.

–¿Para qué? No son de ver. Son cristales normales y corrientes –le recordó, mirándola con sorna–. Ah, no me lo digas. Deja que lo adivine yo.

Eva le lanzó la toalla y, en ese mismo momento, oyó un sonido que habría reconocido en cualquier parte: los taconazos de los zapatos de aguja de Jacinta, quien se quedó atónita cuando vio que estaba en compañía de Kyle y que los dos estaban empapados.

–¿Interrumpo algo? –acertó a decir.

–No, nada –contestó Eva rápidamente–. ¿Qué querías?

–El señor Hirsch quiere darte el cheque –contestó, refiriéndose al padre de la recién casada.

–¿Dónde está?

–En el vestíbulo. Le he dicho que irías en seguida.

Eva habría aprovechado para alejarse de Kyle y de las emociones que despertaba en ella si Jacinta no hubiera mirado su torso desnudo con evidente deseo. Le desagradaba la idea de comportarse como una celosa; pero, aunque Kyle no fuera su novio, no iba a permitir que su ayudante se lo robara.

–Estoy calada hasta los huesos –replicó–. Será mejor que te encargues tú.

Jacinta no se movió.

–¿Te has caído a la piscina?

–Los dos nos hemos caído.

Jacinta hizo un sonido extraño, como si estuviera conteniendo la risa a duras penas, y regresó al hotel. El incómodo silencio posterior se rompió cuando Kyle tiró su toalla a una tumbona y alcanzó su mojada camisa.

–Al menos, conseguiste vender la boda –dijo–. Acabo de caer en la cuenta de que estás preocupada por el dinero.

Ella lo miró a los ojos.

–Por supuesto que lo estoy. Si me quedo sin la herencia, tendré problemas.

Esa era otra de las razones por las que Eva estaba tan enfadada. Los Atraeus y los Messena nacían con un pan debajo del brazo y recibían ingentes cantidades de dinero por el simple hecho de llevar ese apellido. Sin embargo, Mario había ligado su herencia a la obligación de casarse, y aunque sus intenciones hubieran sido buenas, solo había conseguido que se sintiera distinta, discriminada.

Por lo visto, nunca dejaría de ser una chica adoptada. Nunca sería una Atraeus de verdad.

Deprimida, dio media vuelta con intención de dirigirse al coche, donde tenía unos vaqueros, una camiseta y unas zapatillas que había dejado allí para cambiarse de ropa antes de volver a Auckland. Pero Kyle la agarró del brazo y la detuvo.

–Lo siento. No debería haber hablado de dinero.

Eva se apartó, estremecida por su contacto.

–Sí, ya. Supongo que me tomas por una cazafortunas que no merece ni un céntimo –replicó.

–Ni mucho menos –dijo él, admirándola–. Te has ganado esa fortuna.

–Entonces, ¿por qué me quieres dejar sin ella?

–Por algo que no tiene nada que ver con el dinero.

–¿Y se puede saber qué es?

–Esto.

Kyle se inclinó de repente y le dio un beso en los labios, dejándola asombrada. Luego, le puso una mano en la nuca, la apretó contra su duro cuerpo y la besó apasionadamente.

Eva, que no había reaccionado hasta entonces, hizo algo más que dejarse llevar: le acarició el pecho, se puso de puntillas y ladeó la cabeza para besarlo mejor. Tenía la sensación de que estaba cometiendo un error desastroso, pero el sabor de su boca y el calor de su piel se impusieron.

En ese momento, se dio cuenta de lo sola que había estado. Desde su obsesión adolescente con Kyle, no había permitido que nadie se acercara a ella. Huía de las relaciones amorosas. Huía del sexo. Y había olvidado lo mucho que lo necesitaba.

El bolso se le cayó al suelo al cabo de unos segundos y, al oír un sonido como de cristales rotos, se acordó de la copa de champán que se había guardado. Pero lejos de refrenarse, pasó los brazos alrededor de su cuello y se lamentó de estar vestida, porque su húmeda ropa se interponía entre los dos.

Justo entonces, Kyle cerró la mano sobre uno de sus senos y le acarició el pezón, provocándole una descarga de placer. Estaba tan excitada que casi sintió vergüenza. No contenta con arrojarse a sus brazos como si fuera una jovencita enamoradiza, se estremecía sin poder evitarlo cada vez que la acariciaba.

Nerviosa, rompió el contacto, se apartó el pelo de la cara y se inclinó para recoger el bolso. La copa se había partido en dos y, mientras ella alcanzaba una servilleta para envolver los pedazos, él se puso de cuclillas y se los dio.

–Eva…

Eva se incorporó rápidamente, desesperada por alejarse; pero Kyle se interpuso, y ella se maldijo para sus adentros. Se arrepentía de no haberse retocado el maquillaje cuando salió del agua. Estaba segura de que el rímel se le habría corrido, y de que su aspecto dejaría bastante que desear.

–¿Quieres saber por qué veto a todos los novios que te buscas?

–¿Por qué? –preguntó ella sin aliento.

–Por dos motivos. El primero, porque ninguno de ellos te merece; y, el segundo, porque te deseo.

Capítulo Cinco

Eva se le quedó mirando sin saber qué decir.

Kyle le acababa de confesar que la deseaba y que se había librado de todos los hombres que elegía porque no le parecían suficientemente buenos para ella. Tendría que haber estado enfadada con él. Pero no se enfadó hasta que ató cabos y comprendió lo que sucedía.

—Espera un momento… ¿Me estás diciendo que me has propuesto matrimonio porque quieres llevarme a la cama?

Él la miró con impaciencia.

—Te lo ofrecí porque necesitas un esposo.

—Y porque te quieres acostar conmigo.

Kyle suspiró.

—Lo que pase en nuestro dormitorio es cosa tuya, Eva. Si quieres que nos acostemos, nos acostaremos; si no quieres, no.

Eva no supo qué pensar. Hasta un segundo antes, estaba enfadada con él porque se quería acostar con ella, y ahora lo estaba porque, al parecer, le daba lo mismo. ¿Es que no significaba nada para Kyle?

Fuera como fuera, se sintió como si estuviera sufriendo otra vez la decepción de su adolescencia, que aún le dolía. Kyle había sido algo más que un chico que le gustaba físicamente. Confiaba en él. Adoraba su forma de ser. Y, no contento con abandonarla, se había enamorado de otra y se había casado.

Eva se maldijo para sus adentros. Siempre había sido apasionada, pero era absurdo que diera tantas vueltas a un asunto del pasado. Tenía que seguir adelante, superarlo de una vez.

Por desgracia, no era tan sencillo. Kyle y ella habían vivido algo especial, que se podía haber transformado en un amor profundo y duradero. Por eso le dolía tanto. Esa era la razón. Y, mientras pensaba en ello, se le encendió una luz que la llevó a preguntar:

—¿Mario te pidió que te casaras conmigo?

Kyle carraspeó.

—Sí. Me lo pidió antes de morir.

Eva se sintió avergonzada. Evidentemente, su difunto padre adoptivo se había tomado muy en serio el empeño de que se casara con alguien rico, de confianza y cercano a la familia. Sobre todo, después de que fracasara su plan de desposarla con alguno de los hermanos de Kyle.

—Sé que también se lo había pedido a Gabriel y a Nick, y que tus hermanos rechazaron la oferta.

Kyle se encogió de hombros.

–Es lógico, porque estaban enamorados de otras mujeres.

El enfado de Eva se convirtió en indignación.

–¿Cómo es posible que se le ocurriera algo así? ¡Un matrimonio de conveniencia! ¡Es un concepto tan medieval que nadie lo aceptaría!

Kyle apartó la mirada de su húmedo escote, pensando que él lo habría aceptado sin dudarlo.

–¿Un concepto medieval? Es extraño que digas eso, teniendo en cuenta que estás dispuesta a casarte con cualquiera con tal de recibir la herencia –le recordó–. Y, si lo estás, ¿por qué te niegas a casarte conmigo?

Eva alzó la barbilla.

–Porque, por muy modernos que parezcan los Messena y los Atraeus, son hombres chapados a la antigua. Tus hermanos y tú sois tan conservadores como Mario. Y yo ni siquiera deseo tener hijos.

A Kyle se le encogió el corazón al oír esa palabra.

Hijos.

Se acordó de su pequeño de tres meses, el dulce y maravilloso Evan, que sonreía de oreja a oreja cada vez que lo tomaba en brazos. Y se acordó también de su muerte. Y del dolor que aún sentía.

–Los niños no serían un problema, porque yo

tampoco quiero tenerlos –replicó, con voz ligeramente quebrada–. Además, nuestro matrimonio solo duraría dos años.

Kyle no pudo ser más sincero. Ni su propia familia entendía su negativa a ser padre otra vez. Y no lo entendían porque ninguno de ellos había perdido a su mujer y a su hijo en un atentado; un atentado que costó la vida a cinco personas más, y del que Nicola y Evan se habrían librado si él no hubiera insistido en que pasaran la Navidad en Alemania, donde estaba su cuartel.

Cada vez que lo recordaba, el peso del dolor y de su sentimiento de culpabilidad lo anulaban por completo. Por eso evitaba a los amigos y familiares que tenían niños pequeños. Por eso rechazaba las relaciones amorosas convencionales. No soportaba la idea de casarse de nuevo y tener otro hijo.

–Si aceptas casarte conmigo, será en los términos que tú digas –continuó, suavizando el tono.

Eva se cruzó de brazos.

–A ver si lo he entendido bien. Admitirías cualquier condición menos la de tener hijos. Y preferirías que tuviéramos relaciones sexuales.

Kyle frunció el ceño, aunque la mención de las relaciones sexuales le causó un estremecimiento de placer.

–En efecto –replicó.

Ella dio un paso hacia él y le puso una mano en el pecho,

–Así que quieres casarte conmigo… –dijo, acariciándoselo–. Pues, ¿sabes cuál es la respuesta? No.

Kyle ya se había dado cuenta de que no tenía precisamente intención de besarlo. Lo había visto en sus ojos cuando lo empezó a acariciar. Pero jamás habría imaginado que, un segundo después, le empujaría a la piscina.

Eva tenía que hacer algo con urgencia. Kyle se quería casar con ella y, por si eso fuera poco, había descubierto dos cosas nuevas: la primera, que ella le seguía deseando; y la segunda, que era incapaz de resistirse a él. Lo había demostrado sobradamente cuando se besaron. Y, si no se podía resistir a un simple beso, ¿cómo se iba a resistir a una relación sexual?

Decidida a evitar el peligro, quedó con unas amigas para ir a un bar de solteros. No le agradaban ese tipo de sitios, pero estaba desesperada por encontrar esposo; así que, al día siguiente, se puso un vestido negro y unos zapatos de tacón y salió de su casa con el objetivo de atraer a un hombre razonablemente guapo e inteligente que necesitara dinero.

El bar estaba abarrotado cuando llegó. Eva pidió una copa y se sentó con sus amigas en un sofá. Se sentía fuera de lugar, sentimiento que empeoró con el transcurso de la velada porque todos los hombres que se acercaban a ella estaban casados o se habían separado recientemente y aún no habían conseguido el divorcio.

Al cabo de un rato, se giró hacia la barra y vio algo que la dejó sin aliento: un tipo que estaba de espaldas a ella. Sus hombros eran como los de Kyle. Medía lo mismo que Kyle. Habría jurado que era Kyle, y se llevó una decepción enorme cuando se dio la vuelta. No era él.

Deprimida, Eva se preguntó cómo podía haberle confundido con su antiguo novio. Los Messena no necesitaban ir a bares de solteros para encontrar mujeres, porque eran tan ricos y poderosos que las mujeres les perseguían a ellos. El caso de Jacinta era un buen ejemplo. Le había faltado poco para arrojarse en brazos de Kyle.

Entonces, se le acercó un hombre y le preguntó si le apetecía bailar. Eva miró su mano izquierda y, al ver la marca de su anillo de casado, dijo:

–¿Por qué no se lo pides a tu mujer?

–¿A mi mujer? –dijo el desconocido, atónito–. Es que está fuera de la ciudad.

–Menudo bar de solteros –ironizó Eva–. Todos estáis casados… Deberías marcharte a tu casa.

El hombre se ruborizó.

–¿Quién eres tú para darme consejos? ¿Mi abuela?

–Si lo fuera, te diría algo menos amable.

Eva ya no estaba de humor para buscar marido. De hecho, solo le apetecía volver a su casa, prepararse un té y ver una película. Pero no se podía rendir a la primera de cambio, de modo que sacó el teléfono móvil y echó un vistazo a la lista de clubs de la zona con la esperanza de encontrar uno mejor.

Al salir del bar, se llevó la desagradable sorpresa de que hacía más calor que antes. Auckland City estaba en un istmo entre el mar de Tasmania y el océano Pacífico, lo cual implicaba que el tiempo podía cambiar con mucha rapidez. Y el ambiente se había cargado tanto que se sintió como si estuviera en una sauna.

Tras subirse a un taxi, dio la dirección del club donde había conocido a Troy, aunque sin hacerse demasiadas ilusiones. Kyle saboteaba todos sus planes de casarse, y estaba segura de que, si encontraba a un hombre adecuado, él volvería a intervenir y lo volvería a estropear.

El taxista arrancó y se puso en marcha. Eva lanzó una última mirada al bar del que acababa de salir, y vio que un hombre alto y de cabello oscuro se sentaba en ese momento al volante de un deportivo negro. Se parecía sospechosamente a Kyle, pero cabía la posibilidad de que fuera el tipo de la barra. Y, por otra parte, Kyle no era el único que tenía un Maserati.

Mientras avanzaban por las calles de la ciudad, intentó recordar todos los motivos que tenía para estar furiosa con Kyle. Sin embargo, la idea de que la estuviera siguiendo le resultaba tan satisfactoria que se giró de nuevo y echó otro vistazo.

El Maserati estaba justo detrás, prácticamente pegado al taxi. Por desgracia, tenía cristales ahumados y no pudo ver la cara del conductor, pero eso no significaba que él no la pudiera ver a ella, y Eva se puso nerviosa.

Cuando llegaron a su destino, pagó el taxi y salió del vehículo, casi convencida de que el tipo del deportivo era Kyle. De hecho, se quedó esperando a que apareciera, y se llevó una nueva decepción al ver que no aparecía. ¿Se habría equivocado otra vez?

Fuera como fuera, decidió olvidarse del club y tomarse algo en otro establecimiento del barrio, que eligió al azar: un bar irlandés, lleno de jóvenes y turistas.

Eva se sentó en un taburete de la barra, consciente de que su apariencia desentonaba bastante entre cabezas rapadas, tatuajes psicodélicos y vaqueros ajustadísimos. Además, ya no tenía ganas de ligar con nadie. Se había dado cuenta de que no se quería casar con un desconocido. Pero casarse con Kyle era demasiado peligroso. ¿Qué pasaría si se enamoraba de él?

–Una copa de vino, por favor.

El camarero, un chico que le pareció ridículamente joven, le sirvió la copa y dijo:

–Tengo la sensación de que te conozco de algo.

Eva se limitó a probar su bebida.

–Ah, ya lo sé… ¡El anuncio de lencería! Estaba en todos los autobuses.

Ella gimió, pero sin perder el aplomo. Se había acostumbrado a ese tipo de situaciones, porque el anuncio en cuestión se había visto en todo el país, desde los autobuses de Auckland hasta las vallas publicitarias de las autopistas.

–Ha pasado mucho tiempo desde entonces –dijo ella, aunque solo habían pasado dos años–. Casi me parece un siglo.

–Mi madre compró muchas cosas de tu marca.

–No es mi marca –replicó Eva–. Yo me limitaba a posar.

El chico sonrió.

–Era genial de todas formas. Salías por todas partes –dijo, admirando descaradamente su escote–. Si sigues siendo modelo, tengo una amiga que…

–La señorita no hace favores a estudiantes universitarios.

Eva se quedó helada al oír la voz de Kyle, quien se sentó en el taburete contiguo. Iba enteramente de negro, lo cual le daba un aspecto más amenazador que de costumbre y, por supuesto, también más atractivo. Pero ella hizo caso omiso del placer que sintió y sonrió al camarero, que parecía asustado.

–Tonterías. Estaría encantada de hablar con tu amiga –dijo con una sonrisa–. De hecho, voy a hacer otro anuncio dentro de unas semanas.

–Bueno, mi amiga no busca trabajo de modelo, sino de actriz –declaró el joven, visiblemente incómodo con Kyle–. Ya hablaremos en otro momento… Estás con tu novio, y no quiero…

–No es mi novio.

El pobre camarero echó un vistazo a su alrededor, como rogando que se acercara otro cliente y le diera la excusa que necesitaba para desaparecer.

–Oh, ahora que lo recuerdo, mi amiga ni siquiera va a estar en Auckland. Creo que se iba al extranjero.

El chico se alejó de ellos a toda prisa, y Eva respiró hondo.

–¿Siempre tienes que estropearlo todo? Me siento como si formara parte de una familia de la mafia.

Kyle clavó en ella sus duros ojos azules.

–Si estás buscando trabajo de modelo, se me ocurren opciones más prácticas que tomar copas en un pub irlandés. Por ejemplo, hablar con tu agente.

–¿Y tú qué sabes de eso?

–Más de lo que imaginas. Mi banco trabaja con muchas agencias de modelos –contestó.

Eva le lanzó una mirada rápida. Kyle estaba sonriendo, y tuvo que hacer un esfuerzo para no devolverle la sonrisa.

–En cualquier caso, no necesito trabajo. Puedo volver al mundo de la publicidad en el momento que quiera.

–¿Es cierto que vas a hacer otro anuncio?

–No. Solo lo he dicho para molestarte.

–Pues lo has conseguido –ironizó.

A Eva siempre le había gustado su sentido del humor y, como no quería estar de buenas con él, se levantó del taburete. Pensó que se sentiría más segura si estaba de pie, pero solo consiguió que Kyle también se levantara y que ella se sintiera ridículamente pequeña en comparación y más femenina que antes.

Incómoda, se dirigió a la salida del local. Él la siguió y, cuando ya estaban en el exterior, le preguntó:

–¿Todavía te quieres casar conmigo?

Él la miró con desconfianza.

–¿Por qué lo preguntas? ¿Es que ha cambiado algo?

Eva tragó saliva. Efectivamente, había cambiado algo, pero no se lo podía decir: que estaba encantada con lo que había hecho con el camarero. Quizá fuera demasiado posesivo, pero era obvio que solo la intentaba proteger.

–No lo sé. Estoy confundida...

–Sí, aún me quiero casar contigo.

Kyle guardó silencio durante unos segundos y, a continuación, declaró:

–Si quieres, te puedo llevar a casa.

Eva frunció el ceño porque su calidez anterior había desaparecido de repente y la volvía a tratar con frialdad. Pero, a pesar de ello, asintió.

–Está bien.

Kyle la acompañó a su Maserati, que había aparcado en la calle. Una vez allí, le abrió la puerta y, cuando Eva se acomodó en el lujoso asiento de cuero, se sentó al volante.

Al cabo de unos minutos, ella cambió de opinión. Ya no quería que la noche terminara. Las calles estaban abarrotadas de turistas que paseaban o disfrutaban de los múltiples restaurantes y bares de la ciudad.

–No me apetece volver a casa –dijo.

Kyle le lanzó una mirada, y el ambiente se cargó de tensión.

–¿Adónde quieres ir?

–A la playa –contestó, pensando en sus veranos en Dolphin Bay.

Kyle cambió de dirección y tomó el camino de la costa. Había bastante tráfico y, al ver que se acercaban a un autobús, Eva cruzó los dedos para que no llevara uno de sus anuncios de lencería. Pero, por supuesto, no tuvo tanta suerte.

–Esa era una de las razones por las que Mario estaba preocupado por ti –dijo él, mirándola con humor.

–Mario era un hombre muy conservador.

Eva se giró hacia Kyle y admiró sus increíblemente largas pestañas. Luego, clavó la vista en sus manos y se dio cuenta de que tenía una cicatriz en la muñeca.

–¿Cómo te has hecho eso?

Él frunció el ceño.

–No cambies de tema.

–Siempre quieres que hablemos de mí, Kyle –protestó–. Y puede que yo quiera hablar de ti.

–No hay mucho que contar. Me la hice hace un par de años. Estaba pescando con Nick y me enganché en su anzuelo.

–Pensaba que sería una herida de guerra.

Kyle sonrió.

–¿Te he decepcionado?

–Ni mucho menos. Cada vez que me acuerdo de aquel hospital, se me encoge el corazón. Estuviste a punto de morir.

Kyle cambió de carril y aceleró un poco.

–¿Sabes lo que hizo Gabriel cuando recobré el conocimiento? Me dijo que, si no dejaba el Ejército inmediatamente, se alistaría él. Y, como es un hombre de palabra, no tuve más remedio que pedir la baja. Además, el banco de la familia no podía permitirse el lujo de perderlo.

–¿Insinúas que no querías licenciarte? ¿Cómo es posible, después de…?

–¿De que mataran a Nicola y Evan?

–Lo siento, no debería haberlo mencionado –se disculpó ella–. Sé lo que se siente cuando pierdes a tus seres más queridos.

Kyle se encogió de hombros.

–Fue simple y pura mala suerte. Los terroristas habían aparcado un coche bomba en las cercanías de mi cuartel, en Alemania. Nicola pasó con Evan en el preciso momento en que estalló. Si hubiera pasado unos segundos antes o unos segundos después, la onda expansiva no les habría alcanzado… Y, si yo no les hubiera pedido que fueran a verme, seguirían con vida.

Eva se estremeció. Nunca había considerado la posibilidad de que Kyle se sintiera culpable por la muerte de su mujer y su hijo. Pero tenía todo el sentido del mundo. Era un macho alfa, acostumbrado a asumir responsabilidades y a cuidar de los demás.

En tales circunstancias, su pérdida tenía que haber sido especialmente dolorosa para él, porque pensaría que les había fallado. Y ese detalle, que Eva no había sopesado hasta entonces, le dijo varias cosas importantes sobre el hombre que conducía el Maserati; entre otras, que había querido mucho a Nicola y a Evan.

—Los echas de menos, ¿verdad?

—Por supuesto. Las fechas de sus cumpleaños son especialmente difíciles para mí, aunque ya no es tan duro como antes.

—Lo siento, Kyle.

—No te preocupes –replicó, tomando la desviación de Takapuna Beach–. Han pasado muchos años.

Eva clavó la vista en la carretera, sintiéndose terriblemente injusta. Kyle no era el lobo malo que siempre había creído, sino un hombre de familia, como todos los Messena. Y ella lo entendía mejor que nadie. Al fin y al cabo, había perdido a sus dos hermanos y a su hermana gemela.

Poco después, Kyle detuvo el deportivo en un pequeño aparcamiento, situado a pocos metros de la playa, y Eva sintió pánico.

Había llegado el momento de la verdad. Se había dado cuenta de que no se quería casar con un desconocido, pero tenía una duda importante: ¿soportaría un matrimonio con Kyle, aunque fuera temporal?

Capítulo Seis

Kyle dejó su chaqueta en el asiento y salió del Maserati para abrirle la portezuela. Eva ya la había abierto; pero aún se estaba desabrochando el cinturón de seguridad y no consiguió salir antes de que él viera sus largas piernas y la cadenita que llevaba en un tobillo.

–No sé si podremos pasear mucho tiempo. Va a llover.

Kyle señaló el frente nuboso que se acercaba por el norte. Se veían rayos en la distancia y la temperatura había bajado bastante.

–No me importa –dijo ella, echándose el pelo hacia atrás–. Estoy cansada de la ciudad y del cemento de las aceras. Necesito sentir la arena bajo mis pies.

Él cerró el coche y se giró hacia la playa. Eva se había acercado a la orilla, y tenía una expresión extrañamente relajada.

–Me encanta. Sobre todo cuando está a punto de llover –continuó–. ¿Caminamos un poco?

Kyle fue súbitamente consciente de lo que había pasado. Tras varios meses de frialdad, Eva había cambiado de táctica. Se había interesado por su oferta de matrimonio porque la estaba sopesando de verdad y empezaba a creer que podía ser un marido adecuado.

El paseo sirvió para que confirmara sus sospechas. Eva le preguntó por sus aficiones y sus horarios de trabajo, y Kyle se dio cuenta de que le estaba entrevistando. Se parecía un poco a lo que había pasado años atrás, durante su adolescencia; pero con los papeles cambiados: entonces era él quien hacía esfuerzos por conocerla a ella.

Un día, a finales de aquel verano, Kyle la salvó de un turista que la había acorralado en esa misma playa. Fue un forcejeo breve, y el acosador desapareció enseguida. Eva se comportó como si no hubiera pasado nada, aunque su actitud había cambiado por completo. Se había abierto a él. Era como si hubiera superado una especie de prueba.

Justo entonces, ella se quitó los zapatos y empezó a caminar por el agua. No había nada sexual en su comportamiento. No intentaba tentarlo. Solo estaba disfrutando de las olas. Pero sus miradas se encontraron un momento después, y Kyle tuvo la sensación de que habían vuelto al pasado y de que volvían a ser dos chicos enamorados.

La lluvia los sorprendió de repente y de forma torrencial. Kyle se giró hacia el coche y Eva, que estaba encantada con la cálida ducha, sacudió la cabeza y, tras tomarlo de la mano, lo llevó hacia un enorme y nudoso mirto.

La sensación de haber vuelto al lejano verano de su primer beso se volvió más intensa. Kyle le puso las manos en la cara y la miró con intensidad. Desde la muerte de Mario, no había hecho otra cosa que quitarle de encima a todos los hombres con los que se quería casar. Pero estaba cansado de ese juego. La deseaba, y era obvio que ella también lo deseaba a él.

En cuanto a Eva, se encontraba en una situación muy parecida. Ya no se podía resistir. Kyle la había abandonado y se había casado con otra mujer, destrozando sus esperanzas juveniles; pero, en ese momento, con la tormenta sobre ellos, no tenía fuerzas ni ganas de analizar nada. Solo quería sentir.

Cuando le puso las manos en el pecho, su reacción fue instantánea. Bajó la cabeza, la apretó contra su cuerpo y dijo:

—No sé qué tienen las playas…

Ella le pasó los brazos alrededor del cuello y la besó durante unos largos y apasionados minutos. Luego, se apartó de él y le empezó a desabrochar la camisa. Kyle susurró algo ininteligible y, antes de que Eva se diera cuenta de lo que había pasado, le quitó la ropa y el sostén.

La boca de Kyle se cerró sobre uno de sus pezones, arrancándole un gemido de satisfacción. Eva se dejó hacer y no volvió a pensar hasta que él rompió el contacto. Entonces, se acordó de que tenía intención de desabrocharle la camisa, pero Kyle se la debía de haber quitado en algún momento, porque ya no la llevaba puesta.

–Quizá deberíamos ir más despacio –dijo él.

En respuesta, Eva le acarició el estómago y llevó las manos al botón de sus pantalones. Un segundo después, se encontró tumbada en la arena, justo al lado de su ropa.

Kyle le quitó las braguitas y se tumbó sobre ella. Un rayo iluminó entonces las duras superficies de su rostro, y Eva lo deseó de tal manera que se aferró a su cuerpo como si tuviera miedo de perderlo.

–Antes, tengo que hacer una cosa...

Kyle se desnudó, sacó un preservativo del bolsillo de los pantalones y se lo puso. Un trueno rompió el silencio en ese mismo instante, y Eva dudó. ¿Seguro que quería hacer el amor? Aún estaba a tiempo de echarse atrás. Kyle no intentaría forzarla si se negaba ahora. Respetaría su decisión.

Esa certeza le devolvió la seguridad y puso fin

a sus temores. Sabía que aquello no tenía nada que ver con el amor. Era sexo, simple y puro sexo. Pero no estaba dispuesta a renunciar a él. Era un destello de luz entre los fantasmas de su pasado y su soledad presente.

Kyle se puso entre sus piernas y, cuando ya estaba a punto dar el siguiente paso, se detuvo. Eva sintió tanto pánico que lo agarró con más fuerza, apretándolo contra el cálido y húmedo centro de su deseo. No iba a permitir que cambiara de opinión. No podía.

Un segundo después, él gimió y entró en su cuerpo. Ella notó el roce del preservativo, que por algún motivo encontró incómodo. De hecho, movió las caderas de forma inconsciente, intentando disipar la incomodidad, y lo hizo de forma tan brusca que Kyle volvió a salir.

Cuando la penetró de nuevo, su acometida fue más suave, más natural, más placentera. Eva supo que algo había cambiado. Ya no llevaba el preservativo. Pero habían ido demasiado lejos, y no fue capaz de controlarse. Estaba completamente dominada por el placer.

Kyle detuvo el coche junto a la casa de Eva.

–Tenemos que hablar –dijo entonces–. No sé cómo ha pasado, pero el preservativo se salió y…

–No te preocupes por eso.

Eva supo que Kyle malinterpretaría sus palabras y que pensaría que estaba tomando la píldora, lo cual era falso. Sin embargo, no se arrepintió de haberlo dicho. Y no fue porque ardiera en deseos de tener hijos, sino porque estaba tan confundida que solo quería despedirse de él, entrar en el tranquilo refugio de su hogar y olvidarlo todo.

¿Cómo era posible que se hubiera dejado llevar? Había hecho el amor con Kyle y, por si eso fuera poco, lo había hecho sin protección de ninguna clase. Si se quedaba embarazada, tendría un buen problema.

–Hasta luego, Kyle.

Eva abrió la portezuela y salió del coche. Aún estaba lloviendo, aunque no le importó; a fin de cuentas, ya estaba empapada. En cambio, le importó bastante más que Kyle se plantara a su lado de repente y la llevara a su casa, porque parecía indicar que no estaba dispuesto a marcharse.

Ya había sacado la llave cuando oyeron un ruido en el interior. Él frunció el ceño, esperó a que abriera la puerta y dijo:

–Quédate aquí.

Eva se alegró profundamente de que la hubiera acompañado. Los robos de casas estaban a la orden del día, pero era la primera vez que le pasaba a ella.

Minutos después, las luces se encendieron y Kyle apareció en el vestíbulo.

–Llamaré a la policía. Por lo que puedo deducir, los ladrones se han ido por la puerta trasera y han saltado la valla. El ruido que hemos oído era de un jarrón. Con las prisas, lo habrán golpeado y se habrá caído.

Eva lo siguió al salón. Alguien había vaciado los cajones y lo había tirado todo al suelo; pero, curiosamente, había alcanzado una fotografía de su madre y su padre y la había dejado en la mesa del comedor como si la hubiera estado mirando, detalle que despertó sus sospechas. Y se acordó de Sheldon Ferris, su último padrastro.

Sheldon, que estaba al tanto de su dolencia, había intentado sacarle dinero en cierta ocasión. Afortunadamente, Mario había intervenido y, cuando lo amenazó con denunciarlo, puso fin al problema. Pero Mario ya no estaba y, como ella se había convertido en una modelo famosa, existía la posibilidad de que quisiera chantajearla con la amenaza de filtrar los detalles a la prensa.

–La policía llegará dentro de diez minutos –dijo Kyle tras cortar la comunicación–. ¿Pusiste la alarma antes de salir?

–Sí, como siempre.

Mientras Kyle comprobaba el sistema de seguridad, ella echó otro vistazo al salón. El televisor y el equipo de música seguían en su sitio, pero el ordenador portátil había desaparecido. Luego, entró en el dormitorio y se llevó un disgusto mucho mayor. Habían vaciado el armario y la cómoda, y todo estaba lleno de ropa, zapatos, cosméticos y bisutería.

Eva se inclinó y empezó a recoger su ropa interior. Sabía que no debía tocar nada, porque la policía estaba a punto de llegar; pero no quería que usaran sus braguitas y sostenes como pruebas. Además, su indignación inicial se había convertido en miedo. Habían entrado en su hogar. Habían invadido su santuario personal.

—¿Qué se han llevado? —preguntó Kyle, que regresó en ese momento.

—Mi ordenador portátil.

—¿Nada más?

Eva volvió a mirar la habitación y, cuando vio que su cajita de música estaba rota, sintió una rabia inmensa. Si el ladrón era Sheldon, la habría roto a propósito. Sabía que le tenía mucho cariño.

—Es difícil de saber. Con todo este lío…

—¿Te has buscado algún enemigo últimamente? Ella frunció el ceño.

—No he tenido tiempo. He estado demasiado ocupada.

—Puede que sea alguien de la competencia.

—No lo creo. Trabajo con empresarios de hoteles y empresas de catering y, como siempre cumplo, no tienen ninguna queja.

Eva se llevó una pequeña alegría momentos después, cuando observó que el ladrón o los ladrones no habían tenido tiempo de entrar en la habitación de invitados ni en la cocina. La policía llegó entonces, y los agentes, que se presentaron como Hicks y Braithewaite, se quedaron atónitos al verla con la ropa mojada y el pelo revuelto.

Como había sido modelo, Eva estaba acostumbrada a que la gente mirara abiertamente su figura; pero se sintió incómoda por alguna razón, y agradeció que Kyle se acercara y le pusiera una mano en la espalda. Los Messena eran tan protectores con las mujeres como los Atraeus, y lo eran con independencia de la edad que tuvieran.

Kyle se mantuvo a su lado mientras Hicks la interrogaba y comprobaba las habitaciones con su compañero. En determinado momento, su cortesía se convirtió en algo más, y la tomó de la mano como si fueran novios, recordándole el mayor de sus problemas: si no se casaba, perdería la herencia; y, si la perdía, había grandes posibilidades de que también perdiera el negocio y la casa.

Sin embargo, las consecuencias económicas no le asustaban tanto como su situación familiar. Con Mario muerto y la herencia congelada hasta que cumpliera los cuarenta, se quedaría sin nexos reales con los Atraeus. Ella también llevaba ese apellido, pero no se engañaba al respecto: era adoptada, y siempre sería la oveja negra de la familia.

Tras hacer varias fotografías, Hicks le pidió una descripción del ordenador que le habían robado, y la instó a llamar a comisaría si echaba algo más en falta; pero Eva no le dijo que sospechaba de Sheldon Ferris. Si era él y había dejado sus huellas dactilares, lo encontrarían de todas formas; y, si no lo era, se ahorraría una situación desagradable.

Hasta ese momento, las únicas personas que estaban al tanto de su triste y sórdido pasado eran Sheldon y el difunto Mario; pero, si la policía empezaba a hacer preguntas, la verdad saldría a la luz, y ella no quería que se supiera.

Los agentes se marcharon al cabo de unos minutos y, cuando Eva volvió al salón, miró la foto que estaba en la mesa.

–¿Son tus padres? –se interesó Kyle.

–Sí, antes de que se separaran.

Eva estuvo a punto de decir otra cosa: que fue antes de que su hermana gemela muriera, antes de que su padre se marchara, antes de que su madre se volviera a casar dos veces y tuviera dos hijos que también fallecieron. Pero no lo dijo, porque habría tenido que confesarle la verdad.

Su padre no las había abandonado por capricho. Había descubierto la dolencia de su esposa: un defecto genético que causaba la muerte de los bebés en casi todos los embarazos. Y ella también lo tenía; aunque, en su caso, el riesgo se limitaba al cincuenta por ciento.

–¿Sigues en contacto con tu antigua familia?

–Nunca tuve una familia de verdad. Mi madre era hija única –contestó Eva–. ¿Por qué crees que me Mario me adoptó?

Eva empezó a recoger las cosas, y Kyle decidió ayudarla. Media hora después, cuando ella ya lo habían ordenado todo, él se aseguró de que la puerta trasera estaba cerrada y sacó las llaves del Maserati.

–No puedes quedarte aquí. Hay que cambiar las cerraduras y el sistema de seguridad –dijo–. Supongo que el ladrón tenía uno de esos sistemas que acceden a alarma y descifran la contraseña. Son relativamente fáciles de encontrar.

Eva asintió, consciente de que no sería capaz de dormir en su casa en tales circunstancias. Pero, ¿adónde iba a ir? Sophie y Francesca, las hermanas de Kyle, estaban fuera de la ciudad.

Tras pensarlo un momento, se acordó de Annie, una compañera del sector que había dejado la organización de bodas y se había pasado a la organización de actos para hoteles y grandes compañías.

Desgraciadamente, Annie no contestó al teléfono. Y tampoco consiguió localizar a Jacinta.

—¿No has tenido suerte? —preguntó Kyle.

—No, pero me puedo ir a un hotel.

—Supongo que sí, aunque podrías venir a mi casa. Tengo una a un par de minutos de aquí. Y con habitación de invitados.

—No sabía que te hubieras comprado una casa. Pensaba que seguías en el ático de Viaduct —replico, refiriéndose a un barrio del centro de la ciudad.

—Me quedé con el antiguo domicilio de los Huntington. Salió a subasta hace unas semanas.

Eva se quedó atónita. La casa de los Huntington no era una casa, sino una fascinante mansión de estilo eduardiano con playa propia y unos jardines enormes rodeados por una verja de hierro forjado. Nunca había estado dentro; pero, cada vez que pasaba por delante, se quedaba prendada de su irresistible y romántica belleza.

—No me lo puedo creer —acertó a decir.

Y era cierto. No podía creer que tuviera tan mala suerte. Aquel lugar le gustaba tanto que, si hubiera recibido su herencia a tiempo, lo habría comprado ella misma. Pero el hombre que lo había impedido, el hombre con el que había hecho el amor, se había quedado también con la casa de sus sueños.

–¿Te pasa algo? –preguntó Kyle, notando su frustración.

Ella lo miró con frialdad.

–No, claro que no. ¿Qué me va a pasar? –replicó con sorna–. Primero, impides que me case y ahora, compras la mansión que siempre quise.

Capítulo Siete

Eva entró en Huntington House al volante de su coche, dejando atrás los abarrotados barrios de Auckland. Los focos del sistema de seguridad se encendieron en ese momento e iluminaron los magnolios de la entrada, los rosales y los rododendros del jardín y el vado circular de la mansión, que estaba enteramente a oscuras.

Kyle detuvo su vehículo en el garaje pero, como ella solo tenía intención de quedarse unas horas, lo dejó en el vado. Luego, alcanzó sus cosas, cerró el coche y salió al exterior, donde el olor del cercano mar le volvió a recordar sus noches de amor en Dolphin Bay.

Kyle, que ya había abierto la puerta, la esperó en el umbral. Eva hizo caso omiso de sus buenos modales y entró en el vestíbulo. Frente a ella, se alzaba el sutil arco de la escalera; a su derecha, se veía una elegante salita y, a la izquierda, se abría un corredor que, por su aspecto, parecía llevar a la cocina y quizá a los antiguos cuartos de los criados.

–Es perfecta –dijo.

Kyle se encogió de hombros.

–De momento, es poco más que un museo.

–¿Es que no te gusta?

–No la habría comprado si no me gustara, pero necesita unas cuantas reformas.

Eva pensó que tenía parte de razón cuando la llevó a la gigantesca cocina, que no estaba precisamente en buenas condiciones. Pero Kyle ya se había encargado de comprar algunos electrodomésticos: un frigorífico, una lavadora, una vitrocerámica y un microondas, además de una tetera y una cafetera.

Tras señalarle el armario donde guardaba las cosas por si quería prepararse algo caliente o desayunar por la mañana, le pidió que le acompañara al piso de arriba y le enseñó las habitaciones, incluida la más grande de todas, la suya. Justo entonces, sonó el teléfono de Eva, que contestó. Era Hicks, uno de los dos agentes de policía.

El agente le informó de que un vecino había visto a un hombre en el jardín trasero de su casa. Kyle le oyó y, tras quitarle el móvil a Eva, mantuvo una conversación bastante tensa con él. Después, cortó la comunicación, le devolvió el teléfono y dijo:

–No volverás a tu casa hasta que lo encuentren y lo pongan entre rejas.

–Si es que lo encuentran –replicó ella.

–Lo encontrarán. Hicks sabe lo que hace. Está en uno de los departamentos más eficaces de todo el cuerpo de policía.

–¿Cómo sabes eso? –preguntó, extrañada.

–Lo sé porque varios miembros de mi unidad acabaron en su departamento –le explicó–. Pero, ¿te encuentras bien? Tienes mala cara…

Eva intentó sonreír.

–Sí, claro que estoy bien.

–Pues no lo pareces.

Kyle la tomó entre sus brazos con delicadeza, para hacerle entender que se podía soltar cuando quisiera. Sin embargo, Eva no intentó romper el contacto. Estaba temblando, como si toda la tensión acumulada las últimas horas surgiera de repente.

–Será por el disgusto que me he llevado –le confesó.

–No te preocupes. Nadie volverá a entrar en tu casa sin tu permiso. Me aseguraré de ello.

Eva lo miró a los ojos y tomó la única decisión que podía tomar. Kyle era un hombre fuerte, acostumbrado a solventar problemas; el tipo de hombre que necesitaba en ese momento. Y, aunque cabía la posibilidad de que se arrepintiera más tarde, se iba a casar con él.

–Creo recordar que estabas a punto de enseñarme mi dormitorio –le dijo.

–Puedes dormir en una de las habitaciones de invitados o dormir en la mía. Tú decides.

–En la tuya –declaró.

Kyle inclinó la cabeza y la besó con pasión, disipando las últimas dudas de Eva. Los besos de su relación juvenil estaban llenos de incertidumbre; pero ya no era una adolescente, sino una mujer adulta que anhelaba algo perdido, algo que deseaba con toda su alma, una intimidad absoluta, sin barreras ni obstáculos de ninguna clase.

Momentos después, se encontró en el dormitorio de Kyle, quien la besó de nuevo y la empezó a desnudar.

–Estoy llena de arena de playa –le advirtió.

–Nos ducharemos, pero más tarde.

Kyle le soltó el sostén y ella le desabrochó los botones de la camisa; aunque no llegó a quitársela, porque él se inclinó y le succionó un pezón.

Eva se arqueó contra su boca, embriagada por la tensión que crecía en su cuerpo. En la distancia, se oyó el solitario canto de un pájaro nocturno, casi apagado por el sonido de la lluvia.

Kyle la tumbó entonces en la cama, y ella aprovechó para acariciar los duros músculos de su estómago y bajarle la cremallera de los pantalones. Luego, lo miró a los ojos, se alzó lo necesario y lo volvió a besar, ansiosa.

Estaba tan excitada que no se podía controlar

y, cuando él la tumbó de nuevo, Eva le mordió el lóbulo de la oreja.

—No sabes lo que haces, preciosa.

—Sí que lo sé —replicó, encantada con su poder sexual.

—¿Estás segura de que quieres seguir adelante?

—¿Por qué no iba a querer? —replicó ella, coqueta.

Él sonrió.

—Está bien. Pero, esta vez, lo haremos como se debe.

Kyle abrió la mesita de noche, sacó un preservativo y, tras ponérselo, se colocó entre sus piernas.

Esta vez hicieron al amor sin prisa alguna. Kyle exploró su cuerpo con un detenimiento exquisito, animándola a hacer lo mismo con él. Y, cuando Eva ya estaba al borde de la desesperación, él la penetró y se empezó a mover con acometidas suaves, sin dejar de besarla.

Un buen rato después, Kyle salió de ella y la tumbó de lado. Se habían quedado completamente satisfechos, y se quedaron sumidos en un breve y vibrante silencio, que él rompió.

—Menos mal que no se ha salido el preservativo, como el otro día —dijo en tono de broma—. Corrígeme si me equivoco, pero tuve la impresión de que hacía tiempo que no te acostabas con nadie.

—No te equivocas –replicó, apartando la mirada.

—¿Por qué no me lo dijiste?

—Porque no me pareció el momento más oportuno.

—Pues es una pena. Si lo hubiera sabido, me habría comportado de forma… diferente.

—¿En qué sentido?

—Me lo habría tomado con más calma.

Eva pensó que estaba preocupado por haber hecho el amor sin protección alguna, así que abrió la boca y declaró, sacando fuerzas de flaqueza:

—Descuida, no me quedaré embarazada.

Mientras lo decía, se dio cuenta de que la situación podía ser mucho más grave de lo que había imaginado. Como no era una mujer sexualmente activa, no tenía la costumbre de pensar en ese tipo de cosas. Por supuesto, sabía cuándo le tenía que llegar la regla, pero nunca se interesaba por las fases de su ovulación.

¿Qué pasaría si se quedaba embarazada de verdad?

Eva tomó la decisión de ir al ginecólogo y pedirle la píldora del día después. Era la solución más sencilla. Pero no podía hacer nada hasta la mañana siguiente, de manera que se relajó y dijo:

—Sí, tendría que haber hablado contigo antes

de hacer el amor, pero tuve miedo de que te fueras.

–¿Por qué? –preguntó él, acariciándole el pelo.

–Porque no habría sido la primera vez.

Kyle la besó con una dulzura inmensa, y ella pensó que nunca se había sentido tan cómoda con un hombre.

Empezaba a creer que su matrimonio podía ser algo más que un acuerdo conveniente. Kyle tampoco quería tener hijos, lo cual le convertía en el hombre perfecto para ella. Pero todo se iría al traste si cometía el error de quedarse embarazada.

Eva se despertó al oír el sonido de la ducha. Estaba en una cama enorme, en mitad de una habitación tan elegante como moderna. Y, en el preciso momento en que empezaba a recordar lo sucedido, Kyle salió del cuarto de baño con unos pantalones oscuros y una camisa medio abrochada.

–Tengo que irme a trabajar –dijo, mirando la hora–. Pero antes, me gustaría hablar contigo.

–¿Puedes concederme unos minutos?

–Por supuesto.

Sintiéndose expuesta, Eva se puso la sábana alrededor del cuerpo y entró en el servicio, donde se duchó y secó rápidamente. Luego, regresó a la habitación y se vistió. Kyle había salido en busca de la chaqueta del traje y de una corbata azul, que ya llevaba puestas cuando se encontró con él en el corredor. Estaba más atractivo que nunca, pero volvía a tener expresión de ejecutivo.

–Si nos queremos casar, tendremos que organizar la boda –dijo.

Ella frunció el ceño. Kyle le estaba haciendo un favor al proponerle matrimonio, y no era extraño que hablara de ello con tanta frialdad. Pero le molestó un poco, porque tuvo la impresión de que su relación sexual no significaba nada para él.

–¿Te pasa algo, Eva?

–No, nada. Salvo que no se puede decir que me hayas pedido matrimonio.

Él arqueó una ceja.

–Claro que te lo he pedido.

–No, dijiste unas palabras en tono de orden y me hiciste una propuesta de negocios, como si se tratara de cerrar un acuerdo empresarial.

–Porque, técnicamente, lo es –le recordó–. Si te comprometes a casarte conmigo, habrás cumplido la condición de Mario y podrás acceder a tu fondo fiduciario dentro de un par de semanas, aunque no recibas la totalidad de herencia hasta dentro de dos años.

Eva no parecía precisamente convencida, así que Kyle soltó un suspiro de frustración.

–Si nos casamos, te daré la casa –añadió.

Ella lo miró con asombro.

–Pensé que la querías para ti.

–No tenía intención de quedarme mucho tiempo. La compré porque era una buena inversión.

Eva respiró hondo y asintió.

–Entonces, me casaré contigo. Pero no volverá a pasar lo de anoche. Si quieres que el nuestro sea un matrimonio de conveniencia, tendrás que aceptar los términos que ofrecí a los demás.

A decir verdad, Eva se odió a sí misma por pronunciar esas palabras. Lo deseaba con toda su alma, y ardía en deseos de hacer el amor con él. Sin embargo, no se sentía capaz de hacerlo en semejante situación.

–Muy bien –dijo Kyle, con tanta frialdad como antes–. Nada de sexo.

Kyle sacó el teléfono y se puso a hablar de trabajo con toda tranquilidad, pero Eva se negó a deprimirse o a exasperarse por eso. El simple hecho de que la hubiera presionado para que se casara con él demostraba que no era tan indiferente como parecía.

Cuando terminó de hablar, él la miró de nuevo y dijo:

–Pediré el permiso matrimonial hoy mismo. ¿Te parece bien que nos casemos dentro de dos semanas? ¿El jueves quizá?

–¿El jueves? ¿Tenemos que casarnos un jueves?

–Si no te gusta ese día, elige otro. Pero tendré que hablar con mi secretaria para asegurarme de que no estoy ocupado.

Eva sacudió la cabeza, pensando que, al menos, podría casarse donde quisiera, porque los sitios buenos solo estaban llenos los fines de semana.

–No, el jueves está bien.

–Ah, antes de que lo olvide… Tiene que ser una boda discreta.

–¿Qué quieres decir exactamente?

–Que nos casaremos en el registro civil y con solo dos testigos.

Eva se puso tensa. Al parecer, Kyle no tenía problema alguno para acostarse con ella, pero lo tenía para convertirla en su esposa. Tal vez, porque casarse con una exmodelo de lencería podía dañar su imagen de banquero respetable.

–Eso no es una boda discreta, sino secreta –puntualizó ella.

–En cualquier caso, no tenemos tiempo para una casarnos por todo lo alto.

–No, supongo que no. Además, ¿quién querría una boda así, teniendo en cuenta que nuestro matrimonio solo durará dos años?

–Exactamente.

Ella le dedicó la más fría y profesional de sus sonrisas.

–Muy bien. Nos casaremos discretamente.

A pesar de lo que acababa de decir, Eva no estaba dispuesta a concederle tanto. Sería una boda íntima, sí; pero no se casarían en secreto, como si Kyle se avergonzara de ella.

Capítulo Ocho

Sophie y Francesca, que acababan de volver de Australia, se presentaron a las nueve de esa mañana en la cafetería preferida de su hermano. En cuanto las vio, Kyle supo que era cosa de su madre, porque había cometido el error de llamarla por teléfono antes de salir de la mansión. Por lo visto, se había puesto en contacto con ellas y las había sacado de sus casas para que hablaran con él.

Kyle se preparó para lo peor. Las quería mucho, pero tenían la fea costumbre de ser demasiado mandonas y de empeorar las cosas por el procedimiento de meterse donde no debían.

–¿Qué queréis? –les preguntó directamente.

Sophie arqueó una ceja.

–Somos tus hermanas. Puede que solo hayamos venido a saludarte.

Kyle suspiró y pidió un café solo para Sophie y uno con leche para Francesca.

–¿Qué queréis? –repitió.

–Mamá nos ha llamado por teléfono –admitió Sophie–. Sabemos que te vas a casar con Eva, y queremos saber por qué. Si contestas a nuestras preguntas, te dejaremos en paz.

Kyle se sentó con sus hermanas en una de las mesas.

–Puede que me haya enamorado –dijo.

La camarera apareció con los cafés en ese momento, y Francesca esperó a que los sirviera antes de decir:

–Besaste a Eva una vez, en Dolphin Bay. Pero han pasado once años y, desde entonces, no habías mantenido ninguna relación con ella.

Kyle sonrió para sus adentros. Las únicas personas que sabían lo que había pasado en Dolphin Bay eran Mario y Eva. Y, como Mario había fallecido, solo se podían haber enterado por su amiga.

–Sé que no habláis con los muertos, de lo que deduzco que habéis hablado con Eva –declaró.

–Me ha llamado a primera hora –dijo Sophie, alcanzando su café–. Necesita un vestido de novia.

Él frunció el ceño. No le extrañaba que Eva la hubiera llamado por eso, porque Sophie tenía una boutique con la que trabajaba de forma habitual en su negocio de organización de bodas; pero le extrañó que necesitara un vestido. ¿Para qué lo quería, si se iban a casar en el registro?

–Y como eres socia suya, te ha llamado a ti, claro…

–Ella recomienda mis vestidos a sus clientas y

yo recomiendo su empresa a las mías. Es un acuerdo perfecto para las dos partes –replicó Sophie–. A diferencia de vuestro matrimonio.

–Sabemos que Eva no recibirá su herencia si no se casa –intervino Francesca.

–¿Eva te ha dicho eso?

–Bueno, no exactamente… –contestó, ruborizada–. Un día, estando en tu casa, vi una copia del testamento en una mesa y lo leí.

–¿Leíste un documento confidencial? –preguntó Kyle, sin salir de su asombro.

–Si no querías que lo leyeran, ¿por qué lo dejaste a la vista de todos? –se defendió.

Kyle podía haber dicho que su piso no era precisamente un lugar público, pero decidió pasarlo por alto y retomar la conversación original.

–Los motivos que tengo para casarme con Eva son personales.

Kyle se aflojó un poco la corbata, sintiéndose súbitamente incómodo. Ya no se acordaba de lo que había visto esa misma mañana en la mansión: que Eva le había dejado una marca en el cuello. Y, cuando Sophie la vio, ató cabos enseguida.

–Ah, vaya. Te estás acostando con ella –dijo–. Bueno, eso cambia las cosas.

–¿Te estás acostando con Eva? –preguntó Francesca, horrorizada–. ¡Eres el administrador de su herencia! ¿Eso es legal?

Kyle intentó mantener la calma.

–¿Por qué no va a serlo? No soy su tutor, sino el fideicomisario del testamento de su padre adoptivo.

–No me digas que la has dejado embarazada…

–No, por supuesto que no.

La vehemencia de Kyle pudo engañar a sus hermanas, pero no tuvo el mismo efecto en él. Hasta entonces, no había considerado la posibilidad de que Eva se hubiera quedado embarazada, porque suponía que estaba tomando la píldora; pero se acordó de la inseguridad que había demostrado la noche en que se le salió el preservativo y empezó a sospechar.

En principio, no era un detalle importante. Lo había achacado a que llevaba mucho tiempo sin hacer el amor, y habría olvidado el asunto si el comentario de su hermana no lo hubiera obligado a pensar. Había algo raro en el hecho de que una mujer tan refinada se mostrara insegura en una situación así.

Kyle respiró hondo. Sabía que Eva nunca se había dejado ver con ningún amante. Toda la familia lo sabía, y habían dado por sentado que, como Mario era un hombre chapado a la antigua, ella se esforzaba por dar una imagen de pureza. Pero quizá no fuera fingida, sino real. ¿Se había estado reservando para el matrimonio? ¿Era virgen cuando se acostó con él aquella noche?

Sophie interrumpió sus pensamientos cuando sacó su teléfono móvil y se puso a hablar con alguien en voz baja, usando palabras que parecían salidas de una película de espías. Pero Kyle había estado mucho tiempo en el Ejército, y reconoció su extraño argot: era un código bastante popular entre los militares, la policía y los servicios de emergencia.

En ese momento, supo que estaba dando información a su madre, quien había trabajado una temporada como voluntaria del servicio de ambulancias.

—Si me pasas el teléfono, hablaré con mamá directamente.

Sophie lo miró con irritación.

—No hace falta. Llegará a Auckland esta misma tarde. Podrás hablar con ella en mi piso, porque Eva y tú estáis invitados a cenar. Tenemos que tomar muchas decisiones.

—Y en menos tiempo del que imaginas, porque nos casamos dentro de dos semanas —replicó.

—Olvidas que te vas a casar con una mujer que organiza bodas —dijo Francesca—. Eva es una verdadera profesional.

—Cierto. Es tan perfeccionista como agresiva en su negocio —declaró Sophie—. Si os casarais en el registro civil, sería la boda más maravillosa que se haya celebrado nunca en semejante sitio. Pero sé que no os vais a casar allí. Lo sé por el vestido que ha elegido.

Él suspiró, derrotado. Cuando dejó a Eva en la mansión, estaba seguro de haberse salido con la suya, pero los hechos demostraban lo contrario.

—Dime una cosa, Kyle. ¿Eva te ha presionado para que te cases con ella? —preguntó Francesca.

—No.

—Pero es un matrimonio de conveniencia, ¿verdad? —se interesó Sophie.

—Sí.

Sophie le lanzó una mirada tan escalofriante que hasta el policía más duro habría sentido envidia de ella, una de esas miradas que obligaban a confesar la verdad en cualquier circunstancia.

—¿Por qué me miras así? ¿Qué tienen de malo los matrimonios de conveniencia?

Sophie se echó hacia tras en la silla y contestó:

—Nada en absoluto. Pero, si te acuestas con Eva, no será un matrimonio de conveniencia. Será un matrimonio de verdad.

Eva entró en la consulta de la doctora Evelyn Shan, una elegante mujer que, además de tener un currículum profesional impresionante, también tenía una hija que había estudiado con Eva en el instituto, Lina.

Tras charlar un par de minutos de su antigua amiga, quien se había marchado a vivir a Inglaterra, Evelyn se interesó por el motivo de su visita y ella le contó lo sucedido.

–Está bien, te daré la píldora del día después, pero tienes que tomarla hoy mismo –dijo la doctora a continuación–. Su eficacia no es del cien por cien, y como ya han pasado varios días…

Eva se guardó la receta en el bolsillo, y salió mucho más tranquila de la consulta. Justo entonces, la llamó Luisa Messena, la madre de Kyle, quien le pidió que se reuniera con Francesca, Sophie y con ella en una cafetería cercana sin más intención aparente que la de tomar un café.

Por supuesto, Eva no se dejó engañar. Las Messena eran tan formidables como los hombres de su familia, y era obvio que se traían algo entre manos. Pero, a pesar de ello, aceptó el ofrecimiento y pasó por una farmacia a comprar la píldora antes de dirigirse a la cafetería en cuestión.

Las tres mujeres sonreían como gatas satisfechas cuando se sentó a su lado. Eva esperaba que protestaran por la celeridad de la boda, y se llevó una pequeña sorpresa al descubrir que estaban encantadas. Desgraciadamente, no se quería tomar la píldora delante de ellas, así que pidió una botella de agua para beber un poco, guardársela el bolso y tomársela después.

Media hora más tarde, mientras se estaba despidiendo de ellas, llamó el agente Hicks. Quería pasar por su casa a buscar huellas dactilares, y necesitaba que fuera de inmediato.

Eva explicó lo sucedido a Luisa, Sophie y Francesca y se dispuso a marcharse, pero la madre de Luisa se empeñó en llamar a su hijo por teléfono.

—Me ha dicho que estaba a punto de salir del despacho —dijo cuando cortó la comunicación—, y que te llevará a tu casa si pasas a buscarle.

Eva, que estaba ansiosa por tomarse la píldora, no tuvo más remedio que posponerlo otra vez y dirigirse al banco de Kyle, un edificio de varios pisos de altura que se encontraba a cinco minutos de allí.

Acababa de llegar cuando Kyle salió de un ascensor, y a Eva se le encogió el corazón. Llevaba el mismo traje que se había puesto por la mañana; pero su aspecto era distinto, como si las columnas y los suelos de mármol del banco donde estaban potenciaran su imagen de depredador.

La policía tardó una hora en sacar las huellas dactilares y marcharse de la casa. Kyle llevó entonces a la mansión, donde se tuvieron que cambiar de ropa porque habían quedado en salir a cenar. Y, por fin, Eva tuvo la oportunidad de entrar en un cuarto de baño y hacer lo que no había podido durante toda la tarde.

Dejó el bolso junto al lavabo, sacó la cajita que había comprado en la farmacia y leyó las instrucciones. Luego, llenó un vaso de agua, se metió la píldora en la boca y se la tomó.

Estaba tan aliviada que le faltó poco para marearse.

Capítulo Nueve

Diez días después, Eva entró en su oficina en el preciso momento en que Jacinta salía. Y se quedó extrañada cuando su ayudante se ruborizó.

–¿Ocurre algo?

–No, nada… es que me había olvidado esto –dijo, enseñándole la carpeta que llevaba encima–. Por cierto, ha venido un hombre que quería verte. Estaba en tu despacho cuando he llegado. He apuntado su número de teléfono en la libreta que tienes en la mesa.

Eva frunció el ceño, extrañada de que alguien hubiera entrado tranquilamente en su despacho, pero no reconoció el número de la libreta.

Mientras lo miraba, se dio cuenta de que su bolso estaba abierto. Lo había dejado allí antes de marcharse porque solo tenía que ir a la boutique de Sophie, que se encontraba al otro lado de la calle. Y su extrañeza aumentó un poco más al ver que el testamento de Mario, que había dejado en su interior, estaba doblado por la segunda página.

Eva no recordaba haberlo dejado así, y tuvo la práctica seguridad de que la persona que se había presentado en su ausencia era nada más y nada menos que Sheldon Ferris.

Decidida a averiguarlo, marcó el número de teléfono.

–¿Dígame?

Eva se estremeció. Efectivamente, era su padrastro.

–¿Qué estabas haciendo en mi oficina? –bramó.

–¿Esa es forma de hablar a un familiar? –protestó él–. Sobre todo, faltando tan poco para tu boda.

–Tú no eres familiar mío. Te casaste con mi madre y estuviste con ella un par de años, pero nada más.

–Claro, como ahora eres una Atraeus y tienes todo el dinero del mundo, ya no te acuerdas de los tuyos.

–Si quieres sacarme dinero, olvídalo.

–No, esta vez no te vas a librar de mí con tanta facilidad, Eva. Tu historia acabará en las portadas si no pagas lo que te pida.

En ese momento, Eva vio que Jacinta le había dejado una segunda nota: era de Hicks, y decía que las únicas huellas dactilares que habían encontrado eran las suyas.

—Fuiste tú, ¿verdad? Entraste en mi casa la otra noche.

En lugar de contestar, Sheldon colgó el teléfono. Sin embargo, Eva no dio demasiada importancia a sus amenazas, porque supuso que la investigación policial del allanamiento de morada lo espantaría.

Durante los minutos siguientes, hizo lo posible por recuperar su buen humor anterior. A fin de cuentas, había ido a la boutique de Sophie a probarse el vestido de novia, y estaba tan encantada con él como con el berrinche de Kyle, quien se había llevado un buen disgusto.

Además de negarse a celebrar la boda en el registro civil, Eva se había empeñado en invitar a todos los miembros de su familia; en parte, porque tenía una relación muy directa con ellos y, en parte, porque le pareció lo más lógico. Si los había invitado a su última boda fracasada, ¿cómo no los iba a invitar a esa, teniendo en cuenta que Kyle era el novio?

En cualquier caso, solo faltaban dos días para que se convirtiera en su esposa. Sería una mujer casada, y la tóxica cláusula del testamento de Mario quedaría sin efecto.

Aún no se lo podía creer.

Pero aún quedaban algunos flecos sueltos. El peor de todos, que ninguna de las personas que habría elegido como damas de honor estarían disponibles el jueves; y, aunque Francesca y Sophie iban a ir a la boda, tenían compromisos previos que les impedían ejercer de tales. Si no encontraba una solución, acabaría celebrándola en el registro civil.

Al cabo de un instante, Jacinta volvió al despacho. Aquel día llevaba un vestido ceñido y de color rosa intenso que enfatizaba el moreno de su piel y le daba un toque exótico.

—Dijiste que querías hablar conmigo de una boda.

—Sí. De la mía.

Su ayudante la miró con asombro.

—Pero si Jeremy se ha marchado a Dubái… ¿Con quién te vas a casar? ¿Con Troy Kendal?

—No —contestó—. Con Kyle Messena.

—¿Kyle Messena? —repitió, aún más perpleja—. No entiendo nada. Es un hombre impresionante, pero creía que no te gustaba.

—No es que no me guste. Es que esa expresión no explica bien lo que siento por él —dijo—. Tuvimos una relación hace años y, cuando supo que estuve a punto de casarme con Jeremy… bueno, decidimos que debíamos estar juntos.

—Vaya, suena muy romántico.

Eva estaba ansiosa por poner fin a la conversación, de modo que se levantó y alcanzó el bolso. Afortunadamente, había quedado a comer con Kyle, así que tenía la escusa perfecta para marcharse.

—Como ya he dicho, nos conocemos desde hace tiempo. Por nuestras familias, ya sabes.

—Ah, claro. Es un Messena, así que sois familiares.

Eva frunció el ceño.

—Yo no diría tanto. Mario solo era tío abuelo de Kyle y, en cuanto a mí, soy adoptada —replicó—. Por cierto, ¿me puedes hacer un favor? Nos casamos esta semana, y aún no tengo dama de honor.

—¿Está semana?

—Sí, el jueves. Pero no te preocupes por el vestido y los zapatos. Sophie se encargará de eso.

Jacinta la miró con alegría.

—Cuenta conmigo —dijo—. Aunque me has dejado atónita… ¿Quién iba a decir que te casarías con Kyle? No tuve la impresión de que os llevarais bien cuando coincidisteis en la boda de los Hirsch.

El teléfono de Eva sonó en ese momento, ahorrándole la necesidad de contestar a su ayudante. Al ver que era Kyle, se despidió de Jacinta y entró en el ascensor, encantada de escapar del interrogatorio.

—¿Dónde te habías metido? Pensaba que íbamos a ir a comer.

—Y vamos a ir —contestó él—. Saciaré tu hambre.

Eva pulsó el botón de la planta baja, preguntándose si la frase de Kyle había sonado tan carnal como le había parecido o si eran imaginaciones suyas.

–¿Dónde, exactamente?

–Ya lo verás. Te espero abajo.

Cuando se encontraron, Eva sintió un escalofrío de placer. De hecho, se alegró de haberse puesto uno de sus vestidos preferidos, porque Kyle le pareció particularmente elegante con su traje oscuro, su camisa blanca y su corbata roja. Estaba más guapo que nunca. Y tenía un aire tan varonil como misterioso.

Al llegar al coche, él le abrió la portezuela, y ella se sintió ridículamente mimada y femenina. Desde que habían cenado con su madre y sus hermanas, pasaban tanto tiempo juntos que empezaba estar de los nervios.

–¿Adónde me llevas? –le preguntó.

Él se sentó al volante y le dio el nombre de una conocida joyería.

–No es necesario que me compres un anillo.

Kyle la miró a los ojos.

–El anillo es innegociable –dijo–. Mi familia espera que lleves uno, y también lo espera la prensa.

Eva apretó los dientes, dolida por su afirmación. Durante un momento, había creído que Kyle la quería de verdad, y que el anillo era algo más que un objeto necesario. No quería cometer el error de hacerse ilusiones, porque no se lo podía permitir pero, por algún motivo, se las hacía todo el tiempo.

Como si realmente importara que Kyle la quisiera. Como si ella quisiera que su matrimonio fuera real.

Capítulo Diez

–No hace falta que me compres un anillo. Ya me lo compraré yo después de comer.

Él se sentó al volante, cerró la portezuela de forma brusca y se puso el cinturón de seguridad, sin hacer caso a Eva. En ese momento, el conductor de un camión tocó el claxon, y ella se dio cuenta de que Kyle había aparcado el Maserati en una zona prohibida.

–Si no arrancas, te pondrán una multa.

–No arrancaré hasta que dejemos esto bien claro. El anillo lo compro yo.

–No –dijo, obstinada.

El conductor del camión les volvió a pitar.

–Pues no nos moveremos de aquí.

Ella frunció el ceño ante su mirada impasible. No le extrañaba que hubiera ascendido tan rápidamente en el escalafón militar, porque tenía una habilidad que también le servía en el negocio de la banca: la de forzar las cosas para salirse siempre con la suya.

–¿Y si no quiero un anillo?

–Sophie dijo que querías un vestido. ¿Por qué no ibas a querer un anillo?

Eva pensó que tenía razón. Por mucho que le molestara reconocerlo, quería un anillo de bodas; tal vez, porque siempre había soñado con una boda de verdad. Pero decidió aprovechar la circunstancia para imponerle otra condición.

–Muy bien, aceptaré el anillo si nos casamos en una iglesia.

Kyle suspiró y arrancó, para alegría del camionero.

–Déjame que lo adivine: ya has encontrado una –ironizó.

–La busqué cuando nos comprometimos. Si hubiera esperado hasta el último momento, habría sido imposible –dijo–. Y no pienso ceder en ese aspecto. No me quiero casar en una oficina polvorienta.

Kyle murmuró algo ininteligible y añadió, con más claridad:

–¿Siempre eres tan difícil?

–Sabes como soy. Y también sabes que Mario habría estado de acuerdo conmigo –respondió–. Es un acontecimiento importante.

–Cómo se nota que te dedicas a organizar bodas –bromeó Kyle–. Está bien, lo haremos a tu modo. Pero tienes que decirme en qué iglesia y a qué hora.

Eva volvió a fruncir el ceño. Kyle se había rendido con demasiada facilidad, y eso solo podía significar una cosa.

–Ya lo sabías, ¿no?

–No conocía los detalles, pero mis hermanas me dieron un par de pistas.

Ella sacudió la cabeza. Pensaba que había sido muy astuta al conseguir que aceptara lo de la iglesia a cambio del anillo, pero había sido al revés: Kyle había fingido no estar informado porque era consciente de que intentaría negociar con él, y de que aceptaría el anillo a cambio de casarse por la iglesia.

Sin embargo, el hecho de que se hubiera tomado tantas molestias por su culpa la puso de buen humor, y optó por darle los detalles que le había pedido.

–Es la pequeña iglesia que está en la calle de tu casa. Tuve suerte de que no estuviera reservada para ese día.

A decir verdad, la suerte no había tenido nada que ver. El sacerdote se había negado al principio porque tenía un compromiso previo, pero Eva le había ofrecido el doble del dinero que le solían pagar, lo cual solventó el problema de inmediato.

Minutos más tarde, un autobús se detuvo delante de ellos en un semáforo. Ella alzó la vista y se maldijo para sus adentros al reparar en el anuncio de la parte de atrás, uno de los que había hecho para la marca de lencería. Nunca le habían importado esas cosas, pero Kyle trabajaba en un sector muy conservador, y esos anuncios podían dañar su imagen.

—No estoy segura de que debas casarte conmigo.

Él la miró con extrañeza.

—¿A qué viene eso?

—A que podría ser negativo para tu carrera.

Kyle aparcó el coche junto a una acera del animado barrio de Viaduct, a un tiro de piedra del centro de Auckland. Luego, se quitó el cinturón de seguridad y se giró hacia ella.

—¿Lo dices por los anuncios de lencería?

—Evidentemente. Salgo medio desnuda, y puede que tus clientes no me vean con buenos ojos cuando tenga que socializar con ellos.

—Cariño, te recuerdo que soy dueño de gran parte de las acciones del banco. Tengo mucho más poder que la mayoría de mis clientes, y si alguno tiene algún problema con mi esposa, le diré que se lleve su negocios a otra parte.

Al salir a la calle, Eva estaba encantada. Kyle le había confesado que ella era más importante que sus negocios y que la protegería en cualquier caso, de forma incondicional. Empezaba a recordar por qué lo había querido tanto en su juventud. A pesar de todo lo sucedido, de todos sus enfrentamientos y diferencias, podía confiar en él.

–¡Kyle! ¡Qué sorpresa! Te he visto desde el otro lado de la calle.

Eva se puso tensa al ver a la alta, bella y esbelta morena que acababa de hablar. Particularmente, porque se acercó a Kyle y le dio un beso en la mejilla.

–Ah, hola, Elise.

–Eres muy difícil de localizar…

–Discúlpame. Tenía intención de llamarte.

Kyle se giró hacia Eva y le presentó a Elise, quien resultó ser una asesora financiera de un banco de la competencia. Luego, informó a la recién llegada de que estaba delante de su prometida, y la mujer se quedó tan pasmada que Eva casi sintió lástima de ella. Pero Elise se recuperó enseguida del disgusto, y contraatacó con un comentario malévolo:

–Tengo la impresión de haberte visto en alguna parte.

Eva supo que se refería a los anuncios de lencería de los autobuses, y que la intentaba dejar en mal lugar. Por suerte, Kyle se despidió rápidamente de la asesora y, al cabo de unos minutos, la llevó al último lugar que habría imaginado: su ático, donde los estaba esperando un caballero de lo más elegante.

–Encantado de conocerla, señorita. Soy Ambrose Wilson.

Eva no le había visto nunca, pero reconoció el nombre de su empresa cuando Kyle se lo dijo, porque pertenecía a los Atraeus. Era de Ambrosi Pearls, una cadena de joyerías especializadas en perlas que, recientemente, había empezado a trabajar con diamantes.

Wilson los llevó a la mesita del salón, donde había dejado varias bandejitas de plata cubiertas de terciopelo sobre las que brillaban un montón de anillos. Eva se sentó en el sofá y, mientras admiraba los preciosos objetos, se le escapó una pregunta dirigida a Kyle:

–¿Elise era importante para ti?

Kyle, que ya se había quitado la chaqueta, se aflojó la corbata.

–Salimos juntos unas cuantas veces. Casi siempre por motivos de negocios –contestó–. ¿Te molesta?

–No, en absoluto –mintió.

Eva se maldijo por haber permitido que los celos la dominaran. Ya había pasado una vez por ahí cuando Kyle se comprometió con Nicola, y no estaba dispuesta a cometer el mismo error. Además, ahora no estaba enamorada de él. No podía estarlo.

Sin darse cuenta de lo que hacía, alcanzó un anillo y se lo puso.

–No, ese no es adecuado –dijo Kyle.

–¿Cómo lo sabes? ¿Eres especialista en moda?

–Lo creas o no, tengo más intereses que las acciones y los bonos del banco.

Ella miró el anillo con más atención, y llegó a la conclusión de que Kyle estaba en lo cierto. Era bonito, pero muy convencional.

–Deberías llevar algo como esto –continuó él, refiriéndose a un anillo de platino con un diamante tan grande como sutil–. Es puro, impecable. ¿Qué le parece a usted, señor Wilson?

–Que tiene razón. Originalmente, era un diamante de diez quilates, pero lo trabajamos a fondo y lo convertimos en una joya perfecta, sin defecto alguno –respondió.

Kyle le puso el anillo en el dedo y, cuando Eva lo miró a los ojos, comprendió por qué se había referido a la pureza para describirlo. Lo sabía. Sabía que era virgen cuando hicieron el amor por primera vez.

–¿Te gusta?

–Sí, es precioso –admitió–. Gracias.

–En ese caso, nos quedamos con él –dijo Kyle, girándose hacia Wilson.

El joyero abrió su maletín y sacó otra caja.

–Ya que estoy aquí, les enseñaré nuestra gama de alianzas.

Wilson se marchó al cabo de un rato, cuando

ya habían elegido las dos que iban a llevar. Eva no llegó a saber lo que había costado el anillo de compromiso y las alianzas, porque no se habló en ningún momento de dinero, pero supuso que, siendo los Messena los banqueros del Grupo Atraeus, completarían la transacción en otro momento.

–Bueno, comeremos algo y te llevaré a tu trabajo –declaró Kyle, echando un vistazo al reloj.

Mientras Kyle sacaba la comida que había dejado en el frigorífico, Eva se fue a buscar el cuarto de baño, que encontró en un pasillo tan elegante y frío como el resto de las estancias, salvo por un detalle: las dos fotografías que adornaban una de las paredes.

Eva reconoció las caras de Nicola y del pequeño Evan, y el corazón se le encogió al pensar en la pérdida que había sufrido Kyle. De hecho, tuvo la seguridad de que había puesto las fotos allí para no verlas constantemente, porque el pasillo solo era una zona de paso. Y las miró con tristeza, pensando en su propia tragedia familiar.

Ya en el servicio, se preguntó cómo podía competir con Nicola, la mujer de la que Kyle se había enamorado y a la que había convertido en su esposa; sobre todo, teniendo en cuenta que había muerto. Sencillamente, no podía. Pero se quitó las horquillas del pelo y se lo dejó suelto para parecerse a ella en la fotografía que acababa de ver.

Al volver al salón, Kyle ya había servido la comida, que consistía en varias ensaladas, algunos entrantes y una quiche recién sacada del microondas. Ella lo miró a los ojos, y él clavó la vista en su boca, recordándole que, aunque hubieran acordado que no se volverían a acostar, la deseaba tanto o más que antes.

Hasta ese momento, Eva no se había dado cuenta de lo importante que había sido su relación sexual. Desde que habían hecho el amor, se sentía como si estuviera conectada con él. Pero hizo caso omiso de sus propias emociones y, tras llenar su plato, lo acompañó a la terraza.

Mientras comían, volvió a admirar el pesado anillo de compromiso, que no se había quitado. A decir verdad, no esperaba que Kyle se tomara la molestia de comprarle uno y, mucho menos, tan increíblemente bello.

—Esta mañana me he encontrado con Francesca y Sophie.

Eva estuvo a punto de atragantarse con el vaso de agua que se había llevado a los labios.

—¿Te has encontrado con ellas? ¿O ellas te han encontrado a ti?

Kyle la miró con humor.

—Ellas me han encontrado a mí, y dudo que haya sido por casualidad —dijo—. Estaban interesadas en nuestra boda.

—Es lógico que lo estén. Son tus hermanas y quieren formar parte de ella.

Kyle dejó su tenedor en el plato.

—Eva, estamos a punto de casarnos. No es momento para…

—No te preocupes —lo interrumpió—. Yo me he encargado de todo.

—¿A cuántas personas has invitado?

—Solo a nuestros familiares más cercanos. Sé que querías una boda discreta, pero también es mi boda, y puede que sea la única que vaya a tener.

—¿No tienes intención de volver a casarte?

—No estoy particularmente interesada en el matrimonio. No soy de esa clase de mujeres.

Kyle frunció el ceño, pero su teléfono sonó en ese momento, y se levantó para hablar con la persona que le había llamado. Cuando volvió a la mesa, estaba extrañamente pensativo y no intentó retomar la conversación.

Aliviada, Eva dio rienda suelta a su apetito, porque las preocupaciones la habían tenido tan alterada últimamente que había estado comiendo poco y mal.

Cuando terminaron de comer, Kyle empezó a llevar las cosas a la cocina, donde ella se quitó el anillo y lo dejó en la encimera para meter los platos y los cubiertos en el lavavajillas. Luego, se secó las manos y se giró con intención de recoger la joya, pero él se le adelantó y se lo puso en el dedo.

—Tienes razón. Es una maravilla –dijo Kyle, mirándola a los ojos.

—Sí que lo es –replicó Eva, súbitamente embriagada.

Si hubiera estado con otro hombre, no habría tenido problemas para poner fin a la tensión sexual que había surgido entre ellos. Pero, aunque quisiera mantener las distancias, ardía en deseos de besarlo y de fingir que su matrimonio no iba a ser de conveniencia, sino de verdad.

—No deberíamos, Kyle…

—¿Por qué? Nos vamos a besar en la iglesia de todas formas. Y, por otra parte, no sería la primera vez.

El recuerdo de sus noches amor y de su aventura juvenil en Dolphin Bay la asaltó de tal manera que no intentó resistirse cuando él se inclinó y la besó apasionadamente durante unos segundos. Luego, Kyle rompió el contacto y la miró en silencio antes de preguntar:

—¿Por qué no me dijiste que eras virgen?

Ella tragó saliva.

—No es un tema que salga a menudo en una conversación superficial –se justificó.

—Yo pensaba que…

—Sí, ya sé lo que pensabas. Que tengo más hombres que zapatos.

—Bueno, no das una imagen de inocencia, precisamente.

Eva alzó la barbilla.

—Cuando eres modelo, no tienes más remedio
que mostrarte dura. Además, es una buena manera
de que los hombres te dejen en paz.

Ella volvió al salón, alcanzó su bolso y se lo
puso al hombro, esperando la pregunta que había
quedado en el aire. Kyle se puso la chaqueta, se
ajustó la corbata y dijo:

—Supongo que no vas a contestar, pero ¿por qué
me elegiste a mí para perder la virginidad? ¿Y por
qué ahora?

Eva sonrió.

—Tienes razón. No voy a contestar.

Capítulo Once

Kyle se despertó de repente, sin saber por qué. Apartó la sábana, se levantó de la cama y se acercó al balcón, donde estuvo admirando las vistas de la bahía a la luz del amanecer.

Era el día de su boda.

Sin pretenderlo, se acordó de otro día como aquel, cálido y despejado. Nicola iba vestida de blanco, tan dulce y divertida como de costumbre, tan apropiada para una vida como la suya. Y, cuando tuvo a Evan, le pareció aún más apropiada. Hasta el atentado.

Se metió en la ducha y abrió el grifo. Teóricamente, su matrimonio con Eva iba a ser de conveniencia; pero, en la práctica, la deseaba mucho más de lo que había deseado a Nicola en su momento. No dejaba de pensar en ella. La llevaba en el fondo de su corazón y, cada vez que se quedaban a solas, se quedaba asombrado con la intensidad de sus propios sentimientos.

En ese momento, se dio cuenta de que Eva había cambiado unas cuantas cosas en el cuarto de baño. Había comprado toallas nuevas y una alfombrilla de color turquesa, además de decorar el lavabo con un cuenco de cristal donde había puesto el jabón. Era un detalle de lo más hogareño, que le tendría que haber recordado a Nicola; pero no fue así. Era un detalle típico de Eva.

A decir verdad, nunca había querido a nadie como la quería a ella. Y el hecho de que se sintiera culpable por desearla solo demostraba que había fracasado en su intento de superar la muerte de Nicola y seguir adelante.

Tenía que volver a vivir y, para conseguirlo, necesitaba hacer algo que no había hecho.

Eva salió de su habitación en el preciso instante en que Kyle cerraba la puerta principal a sus espaldas. Extrañada, se acercó a la ventana de la cocina y se asomó, a tiempo de ver que se había puesto unos vaqueros y una camiseta y que se dirigía al garaje, como si tuviera intención de ir algún sitio.

Pero, ¿adónde? Eran las seis de la mañana.

Impulsivamente, alcanzó las llaves de su coche y decidió seguirlo. Fue una pequeña locura, pero tuvo miedo de que se hubiera arrepentido a última hora y quisiera suspender la boda. Incluso cabía la posibilidad de que fuera al encuentro de Elise. Quizá la echaba de menos.

Jamás habría imaginado que quince minutos después se encontraría en la entrada de un cementerio.

Eva frenó en el exterior porque no quería que Kyle la viera. Se sentía fatal por haber pensado que se iba a reunir con su antigua amante. Se había dejado llevar por los celos y había interferido en un momento que debía ser privado, un momento que no tenía nada que ver con ella.

Kyle no había ido a ver a Elise. Había ido a la tumba de Nicola y Evan, la mujer y el niño que había perdido.

Tres horas después, cuando ya se había arreglado el pelo y las uñas, Eva se empezó a preparar para la ceremonia. Kyle volvió en ese momento del cementerio, y ella se sintió extrañamente aliviada, aunque ni siquiera supo por qué. A fin de cuentas, no se iban a casar por amor.

Alcanzó el vestido que Sophie le había diseñado y se lo empezó a poner. Era perfecto para una boda sencilla: sin mangas, de corpiño ajustado y con una falda de seda sobre la que caía una pieza de tul, todo de color rosa pálido. Pero, cuando quiso cerrarse los botones de la espalda, descubrió que no podía.

Respiró hondo y miró la hora. No se le había

ocurrido que necesitara ayuda para vestirse, y empezaba a ir mal de tiempo. Los trabajadores ya estaban instalando la carpa en el jardín de la mansión.

Si hubiera sido posible, habría llamado a Jacinta para que le echara una mano; pero, por desgracia, su ayudante la había llamado para decirle que había tenido un problema con el coche y que iría directamente a la iglesia. Solo había una persona a la pudiera acudir, de modo que salió de la habitación y se dirigió al dormitorio de Kyle.

Él salió al pasillo antes de que ella pudiera llamar a la puerta, y se quedó boquiabierta cuando lo vio. Estaba arrebatador con su traje de color gris, su camisa blanca y su corbata granate. Estaba tan guapo que se ruborizó sin poder evitarlo.

—Se suponía que no debía verte hasta que llegaras a la iglesia —dijo él.

Eva se dio la vuelta y le enseñó su problema.

—¿Me puedes ayudar con los botones?

—Por supuesto —contestó—. De todas formas, tenía intención de romper las normas y pasar a verte.

Eva se dirigió al salón, donde había más luz. Kyle le abrochó los botones a los que ella no podía llegar y, cuando terminó, le dijo:

—Esperaba que te vistieras de blanco.

—No quería llevar ese color. Me habría recordado a mi última boda, la que tú saboteaste.

–Ah, sí, la de Dolphin Bay.

–Menos mal que me salió rentable. Pude pagar el vestido que había encargado.

Kyle sacó una cajita y se la dio.

–Deberías llevar esto.

Sorprendida, Eva abrió la cajita y miró su contenido. Eran un collar y unos pendientes diamantes a juego con su anillo de compromiso.

–No, no lo puedo aceptar…

–Regalar joyas es una tradición en las bodas de los Messena y los Atraeus –declaró Kyle–. Si Mario estuviera vivo, te las daría él mismo. Sin mencionar el hecho de que Constantine lo estará esperando.

La mención del formidable Constantine, patriarca de los Atraeus y presidente del Grupo Atraeus, aumentó la inquietud de Eva, que ya estaba bastante nerviosa para entonces. Las tradiciones eran importantes para su familia. Y formaba parte de ella, aunque fuera adoptada.

–Si no las quieres llevar por mí, llévalas por Mario –continuó él.

–Eso no es justo.

–No pretendía serlo –replicó–. Date la vuelta.

Eva le dio la espalda, y se encontró ante el espejo que estaba sobre la chimenea. Kyle le puso las joyas, y ella se llevó una mano al collar mientras miraba su reflejo. Era un conjunto muy bonito; pero no le gustó por su belleza, sino porque le pareció un detalle verdaderamente romántico.

–Gracias, Kyle. Son una preciosidad. Aunque no quiero ni pensar en lo que te habrán costado.

Kyle sonrió.

–Por fortuna, soy dueño de un banco.

Media hora después, llegó la limusina que Eva había pedido. Nerviosa, se puso el velo, alcanzó el ramo de flores, se colgó el bolso donde llevaba el teléfono móvil y se dirigió al vehículo.

Un hombre alto estaba hablando con el conductor y, cuando ella lo reconoció, se quedó atónita.

–Constantine… ¿Qué estás haciendo aquí?

Constantine vivía en Medinos, la isla del Mediterráneo de la que procedían los Atraeus, los Messena y los Ambrosi. De vez en cuando, pasaba por Sídney en compañía de su esposa, Sienna; pero no solía ir a Nueva Zelanda.

–Me dijeron que te ibas a casar, y decidí llevarte al altar en persona –replicó él con una sonrisa.

–¿Quién te lo dijo?

–Kyle me llamó hace un par de días, así que me quité de encima los compromisos. Sienna y Amber han venido conmigo –contestó–. Y como Lucas, Carla, Zane y Lilah estaban en Sídney, decidieron acompañarnos.

Eva se sintió profundamente halagada. La plana mayor de los Atraeus había dejado sus muchas obligaciones para asistir a su boda, lo cual la sorprendió. Desde la muerte de Mario, había hecho lo posible por mantener las distancias con ellos; pero, por lo visto, ellos no estaban dispuestos a romper sus lazos.

–Será mejor que nos vayamos, o llegaremos tarde –prosiguió Constantine–. Pero, ¿dónde está tu dama de honor?

–Jacinta irá directamente a la iglesia.

Eva cruzó los dedos para que su ayudante apareciera, pero sus temores carecían de fundamento. Cuando llegaron a la iglesia, que estaba muy cerca de la mansión, Jacinta ya los estaba esperando. Sin embargo, no llevaba el vestido que había elegido para ella, sino uno diferente, más apropiado para una fiesta en la playa que para una boda.

–Lo siento mucho. Intenté arreglar el coche, pero me manché el vestido y me tuve que cambiar.

Sienna salió en ese instante de la iglesia y, al ver a Eva, corrió hacia ella, dejó a la pequeña Amber en brazos de Constantine y dio un beso a la novia.

–Estás fantástica –dijo–. ¿Preparada para casarte? Espero que sí, porque a Kyle le va a dar un ataque de nervios.

Eva alcanzó el ramo de flores, pensando que

a Kyle no le había dado un ataque de nervios en toda su vida.

Constantine la tomó del brazo mientras Jacinta le ponía el velo sobre la cabeza. Había llegado el momento de la verdad, y a Eva se le encogió el corazón al oír los primeros compases de la marcha nupcial. Alguien se había tomado la molestia de encender velas y de llenar la iglesia de flores, cuyo aroma se mezclaba con el de la cera derretida.

Kyle y Gabriel, su padrino, se giraron hacia la entrada. Eva miró a los ojos al hombre que estaba a punto de convertirse en su esposo y se estremeció. Parecía verdaderamente ilusionado. Lo parecía tanto que se emocionó. Pero ninguno de los dos se podía permitir el lujo de sentir nada.

Kyle observó a Eva mientras se acercaba al altar con paso elegante. Cuando la vio en el pasillo de su casa, se quedó un poco sorprendido; esperaba que se pusiera un vestido espectacular, pero había optado por todo lo contrario: una prenda sencilla, poco convencional y tan directa como ella.

Gabriel, su hermano mayor, lo miró y preguntó:

–¿Estás seguro de que quieres seguir adelante?

Kyle no tuvo ninguna duda. No había conseguido olvidarla en todos esos años, ni después de casarse con otra persona. Y el difunto Mario, que lo sabía perfectamente, había encontrado la forma de forzar la situación.

—Sí —contestó.

Eva se detuvo a su lado, con Constantine del brazo. El patriarca de los Atraeus le lanzó una mirada contundente, como queriendo decir que casarse con un miembro de su familia no era un asunto trivial y que, si no la trataba bien, tendría que vérselas con él.

Sin embargo, Kyle solo tuvo ojos para Eva, quien pronunció sus votos con seguridad, aunque la voz se le quebró un poco cuando llegó a la parte de la salud y la enfermedad; tal vez, porque tenían intención de divorciarse al cabo de dos años.

Kyle le puso el anillo en el dedo y, a continuación, ella hizo lo mismo con él, sintiéndose extrañamente posesiva. Aquellos anillos eran un símbolo de la supuesta exclusividad de su relación, y sabía que no podía esperar exclusividad de ninguna clase si se negaba a hacer el amor con él.

Eva se dijo que no era el momento más oportuno para pensar en su veto a las relaciones sexuales, pero no lo pudo evitar. No soportaba la idea de que Kyle se acostara con otras, empezando por Elise. Y solo había una forma de impedirlo: cambiar de opinión.

Cuando el cura los desposó, miró a Kyle y dijo en voz baja:

–Tenemos que hablar.

–Ahora no.

Kyle la besó entonces, y la mente se le quedó en blanco. Luego, tuvieron que firmar los papeles en la sacristía, donde se les unieron Constantine y Sienna en calidad de testigos. Eva se encontraba perfectamente pero, concluidas las formalidades, quiso recoger su ramillete para volver a la nave principal de la iglesia y se mareó tanto que se tuvo que apoyar en una silla.

Kyle le pasó un brazo alrededor del cuerpo, firme como una roca.

–¿Te encuentras bien?

–No es nada –contestó, con la vista borrosa–. Anoche no cené. No tuve tiempo. Y tampoco he desayunado.

Sienna insistió en que se sentara y, cuando se salió con la suya, le dio un caramelo.

–Toma, cómetelo. Sé que es todo azúcar, pero sienta bien cuando no tienes cuerpo para desayunar.

Eva quitó el envoltorio del caramelo y se lo metió en la boca.

–¿Cómo sabes que no estaba en condiciones de comer nada? –preguntó.

–Bueno, no es ningún secreto. Lo sé porque a mí me pasaba lo mismo en tus circunstancias –contestó Sienna–. Estás embarazada.

Capítulo Doce

Kyle se quedó mirando a su esposa con verdadero asombro.

–¿Eva? –acertó a decir.

–No, no es posible –replicó.

Eva no se lo quería ni plantear. Por mucho que deseara ser madre, no se podía quedar embarazada. Kyle había perdido a su esposa y a su hijo y, si ella se quedaba encinta y perdía el bebé, le partiría el corazón.

Desesperada, echó mano de sus clases de artes escénicas y se levantó de la silla con una sonrisa en los labios, decidida a convencerlos de que se estaban preocupando sin motivo. Afortunadamente, el azúcar del caramelo le había devuelto las fuerzas, y se pudo mantener en pie.

–¿Lo veis? No estoy embarazada. Solo tenía hambre.

A pesar de su afirmación, Eva decidió que, en cuanto pudiera, utilizaría lo que llevaba en el bolso desde unos días antes: una prueba de embarazo. No se la había hecho porque pensaba que la píldora del día después resolvería cualquier problema, pero ahora no tenía mas remedio. Aunque estaba segura de que la prueba sería negativa. Tenía que serlo.

–Me encuentro mucho mejor –insistió, mirando a su marido–. En serio.

Kyle la tomó del brazo y la llevó con el resto de los invitados, que empezaron a aplaudir.

–¿Siempre te saltas el desayuno? –preguntó él.

–Solo cuando tengo que organizar mi propia boda en doce días.

–¿Te has hecho una prueba de embarazo?

–No, pero me la haré… para confirmar que no estoy embarazada –contestó mientras sonreía a uno de sus tíos–. Sería de verdadera mala suerte, teniendo en cuenta que era la primera vez que hacía el amor. Sería tan raro como que un rayo caiga dos veces en el mismo sitio.

Al cabo de unos instantes, salieron al exterior. En la distancia, sonó un trueno. Y Kyle miró las nubes del cielo y dijo:

–¿Qué decías de los rayos?

Justo entonces, se desató una tormenta tan intensa que el fotógrafo oficial se quedó empapado en cuestión de segundos. Kyle retrocedió con su esposa hasta la iglesia, y el pobre fotógrafo tapó su equipo con la chaqueta que llevaba y salió corriendo hacia su coche.

Por suerte, el fotógrafo tuvo ocasión de hacer su trabajo en circunstancias más propicias, durante la sesión que organizaron en su estudio. Y, tras veinte minutos de poses, Eva rechazó al conductor de la limusina y se subió al Maserati de su marido.

Cuando llegaron al vado de la mansión, que ya estaba llena de invitados, descubrieron que la tormenta había sido verdaderamente dañina. El viento había arrancado uno de los postes de la carpa, que se había hundido. Pero la furgoneta del encargado del catering estaba justo a la puerta trasera, lo cual parecía indicar que había tomado la decisión de servir la comida dentro.

Como no las tenía todas consigo, Eva salió del coche y corrió a la cocina, donde se tranquilizó al instante. Todo iba según lo previsto, aunque el clima se hubiera empeñado en complicar las cosas. Y, como tantas veces, se repitió el mantra de los profesionales de su sector: pase lo que pase, ten un plan alternativo.

Tras asegurarse de que estaban sirviendo los canapés y el champán y de que no habría ningún problema con la comida, se dirigió al salón. Kyle acababa de entrar en la casa, así que se puso a su lado, lo tomó del brazo y se dedicó a recibir las felicitaciones de los presentes, que no habían podido dárselas antes por culpa de la lluvia.

En cuanto pudo, Eva alcanzó unos canapés y un vaso de agua mineral.

—¿Agua? —preguntó Kyle, arqueando una ceja—. ¿No quieres tomar champán?

Eva se dio cuenta de que su pregunta no era inocente. Era obvio que estaba pensando en un posible embarazo, porque las mujeres encinta tendían a evitar el alcohol. Y, como no quería que se preocupara, dijo:

—Es la costumbre. La bebida no me sienta bien. De hecho, siempre pido agua mineral en las bodas.

Constantine se acercó a ellos en ese momento. Había adoptado el papel de maestro de ceremonias, y, tras proponer los brindis oportunos, dio paso a los discursos. Para entonces, el cielo se había despejado y el sol volvía a brillar con todo su esplendor, de modo que Jacinta abrió los balcones y se puso a secar las sillas del exterior.

Ni cortos ni perezosos, Kyle y sus hermanos sacaron las mesas de la derrumbada carpa y las instalaron en el jardín mientras Zane Atraeus, el hijo pequeño de Constantine, empezaba a ejercer de jefe de camareros por voluntad propia.

Eva no se lo podía creer. Lo que tenía que salir bien, había salido mal, pero la inesperada presencia de sus primos, que habían cruzado medio mundo para asistir a su boda, le habían dado algo indiscutiblemente precioso: la seguridad de formar parte de su familia.

Emocionada, se sentó junto a Carla, la esposa de Lucas Atraeus, y se prestó a cuidar de su bebé para que ella pudiera comer. El pequeño David se dedicó a mascar tranquilamente un chupete, y ella volvió a pensar en la prueba de embarazo. Tenía que salir de dudas. Y cuanto antes, mejor.

Tras cortar y repartir la tarta de chocolate, una maravilla decorada con rosas de azúcar, alguien puso un vals de Strauss en el equipo de música. Kyle se le acercó entonces y le ofreció una mano.

–¿Bailamos?

Eva, que seguía algo mareada, contestó:

–No tenía intención de bailar.

Su esposo se encogió de hombros y la ayudó a levantarse de todas formas.

–Es una tradición de Medinos –dijo, refiriéndose la isla de donde procedían los Messena y los Atraeus.

Eva respiró hondo, captando el suave aroma de su colonia, que cada vez le resultaba más familiar. Luego, le puso una mano en el hombro y, al sentir su cercanía física, se acordó de detalles más íntimos, como el contacto de su piel, su sabor y las cosas que le hacía sentir cuando se acostaban.

A pesar de ello, consiguió mantener el aplomo.

Pero necesitaba pensar en otra cosa, así que preguntó:

—¿Qué han dicho las tías?

Kyle contestó mientras giraban y giraban.

—Por lo visto, Mario les dio instrucciones para que se aseguraran de que te ofreciera una boda digna de Medinos.

Ella frunció el ceño.

—¿Dieron por sentado que te casarías conmigo?

—Eso parece —contestó—. Tengo entendido que habló con ellas antes de redactar el testamento.

Eva se alegró de que los demás también se hubieran puesto a bailar, porque el ruido de sus conversaciones impedía que les oyeran y le concedía un respiro que necesitaba con urgencia. Sabía que no debía estar enfadada, pero no soportaba la idea de que Kyle se hubiera casado con ella porque Mario lo había presionado. Y no la soportaba porque se había enamorado de él.

Ya no lo podía negar. Estaba enamorada. Lo había estado desde el principio, desde que se vieron por primera vez. Por eso le había dolido tanto que la abandonara y se casara con Nicola.

—Pero tú me dijiste que, cuando Mario te pidió que te casaras conmigo, te negaste —le recordó.

—Bueno, le prometí que me encargaría de que te casaras…

—Pero no te querías casar conmigo —insistió

ella–. Cambiaste de opinión porque me estaba quedando sin tiempo.

–No fue exactamente así. Lo sabes de sobra.

–¿Ah, no? ¿Cómo fue entonces? –preguntó.

–Si no te hubiera querido para mí, habría permitido que te casaras con cualquiera de los estúpidos que te buscaste –dijo, abrazándola con más fuerza–. Tú sabías que te deseaba y, tras aquella noche en la playa, entendiste hasta dónde llegaba mi deseo.

Eva suspiró.

–¿Y qué me dices del amor?

–¿Qué pasa con él?

Ella ladeó la cabeza y admiró sus duros rasgos, claramente mediterráneos.

–Te amo, Kyle –dijo con toda tranquilidad–. Pero, ¿serás capaz de amarme tú, después de haber perdido a tu mujer y a tu hijo?

Kyle la sacó del jardín y la llevó a una habitación donde no había nadie.

–Será mejor que nos lo tomemos con calma, Eva. Te recuerdo que buscabas un matrimonio de conveniencia, y que tú misma pusiste la condición de que no nos acostaríamos. Esa no es la mejor receta para el amor.

Eva se arrepintió de haber intentado arrancarle una confesión romántica, y le molestó que adoptara una expresión enigmática, como si estuviera haciendo esfuerzos por ocultar sus sentimientos. Había visto esa expresión muchas veces, en la cara de los asistentes sociales y los dueños de las casas de acogida con los que había pasado parte de su infancia.

Angustiada, salió de la habitación y subió a la primera planta, donde estuvo a punto de cruzarse con Constantine, que estaba paseando por la mansión con Amber entre sus brazos, esperando que la niña se quedara dormida. Pero los consiguió evitar y se metió rápidamente en su dormitorio.

Luego, se sentó en la cama, se quitó los zapatos y, tras no pocos esfuerzos, logró desabrocharse los botones del vestido y librarse de la prenda. A continuación, la colgó en el armario y se puso unos zapatos abiertos y una túnica veraniega de color rojo, morado y verde. Por suerte, el rímel no se le había corrido con las lágrimas que asomaban en sus ojos, así que no tuvo que retocarse más.

Ya estaba bajando al vestíbulo cuando la puerta principal se abrió y se encontró ante la última persona que esperaba ver, Sheldon Ferris.

–Bonita casa –dijo–. Se nota que las cosas te van bien.

Eva se aferró a la barandilla de la escalera.

–No sé cómo me has encontrado. Pero, si no te vas ahora mismo, llamaré a la policía –le amenazó.

–¿Y de qué me vas a acusar? ¿De entrar sin llamar? –dijo con sorna.

–Sé que fuiste tú quien estuvo en mi casa. No he dado tu nombre a la policía, aunque podría dárselo. Y tú acabarías detenido.

Sheldon la miró con dureza.

–Sabes tan bien como yo que no se lo has dado porque tienes miedo de lo que yo pueda hacer. No quieres que se conozca tu lamentable historial.

–Mi historial no tiene nada de lamentable.

–Entonces, ¿a qué viene el secreto? Lo he comprobado. Hay muchas historias sobre tu éxito profesional, pero nada sobre tu pasado. Si estás tan orgullosa de haber salido del arroyo, no te importará que se lo cuente a la prensa. Ya me imagino los titulares… *La chica de la calle que se convirtió en un símbolo sexual y heredó una fortuna de los Atraeus*.

–Ni me crie en la calle ni soy un símbolo sexual ni…

–Dame lo que quiero y no venderé tu historia a la prensa –la interrumpió–. Págame, y no se lo diré a tu marido. No volverás a saber nada de mí. Te dejaré definitivamente en paz.

Eva lo miró a los ojos, preguntándose qué habría visto su madre en él. Por su aspecto, imaginó que había sido relativamente atractivo de joven, pero los años no le habían sentado precisamente bien.

–No te daré ni un céntimo. Y, si crees que me puedes amenazar con decírselo a Kyle, es que no te enteras de nada. Nuestro matrimonio está por encima de esas cosas.

En ese momento, se oyeron unos pasos. Sheldon retrocedió hasta el porche, evidentemente asustado, y ella aprovechó para cerrar parcialmente la puerta sin romper el contacto visual con su antiguo padrastro.

–Sé que Mario tenía información sobre ti. No sé lo que hizo para conseguir que te marcharas la primera vez que intentaste chantajearme, pero estoy segura de que, si lo investigo, lo descubriré. Y cuando lo sepa, se lo diré a la policía.

Eva cerró la puerta del todo y respiró hondo. A decir verdad, estaba encantada de haber sabido enfrentarse a un canalla como Sheldon. Pero no le parecía suficiente, así que volvió al dormitorio y buscó el móvil para llamar al agente Hicks y al detective privado que había decidido contratar.

Como el agente no contestaba, le dejó un mensaje donde le decía que Ferris la estaba acosando, que intentaba sacarle dinero y que estaba segura de que era la persona que había entrado en su casa. En cuanto al detective, se limitó a pedirle que enviara toda la información que tuviera al agente Hicks.

Después, colgó el teléfono y sopesó la situación. Sheldon era perfectamente capaz de acudir a la prensa, lo cual significaba que se estaba quedando sin tiempo. Si los detalles de su infancia y del trastorno que sufría salían a la luz, su relación con Kyle se complicaría mucho.

Una vez más, se arrepintió de haberse negado a mantener relaciones sexuales con él. Habían tenido momentos maravillosos, pero aún no estaba enamorado de ella, y la intervención de Sheldon podía ser desastrosa.

Sin embargo, no se iba a rendir sin luchar. Cambiaría las normas y utilizaría el único poder que tenía, con la esperanza de conquistar su corazón. Era lo único que podía hacer, porque no quería perderlo.

Y empezaría de inmediato, en su noche de bodas.

Capítulo Trece

Kyle habría seguido a Eva si una de sus tías no hubiera aparecido de repente y lo hubiera sometido a una frustrante conferencia sobre una población fenicia. Por fortuna, Damian se apiadó de él e insistió en que lo ayudara con la carpa, dándole la excusa que necesitaba para marcharse.

Mientras se alejaban, su hermano pequeño le puso una mano en la espalda y dijo con humor:

—La tía Emilia y los malditos antecedentes familiares. ¿Hasta dónde ha llegado esta vez? ¿Hasta la época de las cruzadas?

—No. Hasta los fenicios —contestó—. Menos mal que has aparecido.

—Pues me debes una.

Los dos hermanos alcanzaron unas cervezas y cruzaron el jardín en dirección a la playa, dejando la carpa atrás.

—No imaginaba que te dejarías presionar por Mario para casarte con Eva —declaró entonces Damian.

Kyle frunció el ceño.

–No hables así de mi esposa. No me he casado con ella por eso.

–¿Insinúas que estás enamorado?

Kyle guardó silencio, sin saber qué decir. Lo que sentía por Eva era tan turbulento como profundo. La deseaba más de lo que había deseado a nadie en toda su vida, pero no creía que eso fuera amor.

–Había olvidado que Eva y tú estuvisteis juntos hace años –continuó Damian, que echó un trago de cerveza–. Pero, de todas formas, no esperaba que te volvieras a casar después de perder a Nicola y a Evan.

A Kyle se le encogió el corazón. Siempre le pasaba lo mismo cuando oía sus nombres. Sin embargo, las cosas estaban empezando a cambiar y, por primera vez, podía pensar en ellos sin hundirse.

–Los echo mucho de menos –replicó–. Pero ya no están.

Su hermano cambió entonces de conversación y se puso hablar de la antigua mansión de los Huntington.

–Bonito lugar… –comentó.

–Sí que lo es. Me enteré de que estaba en venta porque Francesca y Sophie me lo dijeron.

–No sabía que estuvieran buscando casa.

–Y no la estaban buscando –dijo–. Yo sabía que a Eva le gustaba, así que la compré.

Kyle se aflojó la corbata, consciente de que Damian habría malinterpretado sus palabras. Obviamente, pensaría que la había comprado porque estaba enamorado de su flamante esposa, pero no quiso decirle la verdad: que había usado la mansión para conseguir que Eva se fuera a vivir con él.

Al volver al jardín, se encontraron con Sky, la novia de su hermano pequeño. Sky era una rubia de pelo cortísimo y ojos oscuros que montaba muy bien a caballo. Damian le pasó un brazo alrededor de la cintura y, al cabo de unos momentos, se despidió de Kyle y se fue con ella.

El resto de los invitados se marchó rápidamente, tras la típica sucesión de besos y abrazos. Cuando Kyle volvió al interior de la mansión, no quedaba nadie salvo los empleados del servicio de catering, que estaban guardando sus cosas en la furgoneta de su jefe. Pero se fueron poco después y, justo entonces, Eva apareció en la escalera con la prueba de embarazo en una mano.

–¿Te la has hecho? –se interesó él.

Ella sacudió la cabeza. Estaba extrañamente pálida.

–No, todavía no. Puede que te parezca una cobarde, pero prefiero esperar hasta mañana –dijo, dejándola en la mesita del vestíbulo–. Por cierto, he cambiado de opinión.

–¿A qué te refieres?

Eva se acercó y le pasó los brazos alrededor del cuello.

—A mi decisión de no tener relaciones sexuales. Si alguien se tiene que acostar con mi marido, seré yo.

Él sonrió y le puso las manos en las caderas.

—Creo que llamaré a mi abogado para que ponga eso por escrito y te obligue a firmarlo –bromeó.

—No hace falta. Ya tenemos un acuerdo verbal.

—En ese caso, ¿a qué estamos esperando?

Kyle la llevó escaleras arriba pero, en lugar dirigirse a la habitación de Eva, la llevó al dormitorio principal. El sol se estaba ocultando, y la sala se estaba quedando a oscuras.

—A partir de ahora, dormirás aquí –dijo.

Eva llevó las manos a su pecho y le desabrochó los botones de la camisa.

—Me parece perfecto –replicó.

—¿Puedes poner eso por escrito?

—De ninguna manera.

Kyle la besó y le bajó la cremallera del vestido, que segundos después cayó al suelo. El sostén corrió la misma suerte, al igual que las braguitas y, cuando ya se habían quedado completamente desnudos, se tumbaron en la cama.

Eva estaba más ansiosa que nunca por acostarse con él. Cabía la posibilidad de que se hubiera quedado embarazada, y tenía miedo de que las caricias de aquel día fueran las últimas. Quizá por eso fue un encuentro especialmente apasionado y, tras el torbellino del placer, se quedaron en silencio, disfrutando de la quietud de la noche.

Kyle le acariciaba el pelo como si le pareciera el objeto más bonito del universo. Eva le dejó hacer, admirando su cara.

–¿Cuántas veces puedes hacer el amor? –preguntó al cabo de unos minutos.

–Depende –contestó su marido–. ¿Cuántas veces quieres que lo haga?

–Por lo menos, una más –dijo ella, poniéndose encima de él–. Pero esta vez, cambiaremos de posición.

Capítulo Catorce

Eva se levantó al alba, salió de la habitación y bajó al vestíbulo para recoger la prueba de embarazo. Luego, entró en uno de los cuartos de baño y siguió las instrucciones del prospecto que había en la cajita.

El resultado fue tan terrible como temía. Se había quedado embarazada, a pesar de la píldora del día después. Pero no fue ninguna sorpresa. La regla no le había venido y, por si eso fuera poco, se sentía distinta. Sus pechos estaban más sensibles, y su sentido del olfato se había potenciado de tal manera que ahora le molestaban algunos olores.

Desesperada, se llevó una mano al estómago. Sabía que había grandes posibilidades de que perdiera el bebé, y no podía obligar a Kyle a pasar por todo el proceso para que acabara reviviendo el trauma de la muerte de su hijo.

Sin embargo, tampoco quería poner fin al embarazo, lo cual la dejaba con una sola opción: marcharse inmediatamente y mantenerse alejada de él hasta que los médicos confirmaran el estado del bebé o, mejor aún, hasta dar a luz. Si todo iba bien, estaría encantada de compartir la custodia del niño con su esposo. Kyle era un hombre honorable, y no daría la espalda a su propio hijo.

Eva se vistió con rapidez y, a continuación, se dispuso a escribirle una nota. Desgraciadamente, no encontró un papel por ninguna parte y, como temía que Kyle se despertara en cualquier momento, la terminó escribiendo en un sobre que llevaba en el bolso.

Ya la había terminado cuando oyó el sonido de la ducha en el piso de arriba. Eva alcanzó entonces el bolso, dejó la nota en la mesita y abrió la puerta de la mansión, echando un último vistazo antes de salir. Los ojos se le habían llenado de lágrimas, y estaba tan angustiada que casi no podía respirar.

Momentos después, se subió a su coche y se marchó.

Kyle salió de la ducha al oír el motor del deportivo de Eva. Cuando llegó a la puerta principal, el vehículo ya había desaparecido en la distancia, así que volvió al dormitorio, buscó su teléfono y la llamó.

Para su perplejidad, Eva no contestó a ninguna de sus llamadas. Cabía la posibilidad de que estuviera en un atasco y no pudiera responder, pero lo pareció difícil. Y, por otro lado, estaba seguro de que no se había ido a trabajar, porque no tenía ninguna boda hasta dentro de dos semanas.

Se vistió tan deprisa como pudo, bajó los escalones de dos en dos y alcanzó las llaves del Maserati, pensando que le había abandonado. Pero, ¿por qué? ¿Qué había pasado para que se fuera de repente?

Solo se le ocurrió una razón: que estuviera embarazada. Kyle no conocía el secreto de su mujer, pero sabía que tenía una relación extraña con los niños. Le gustaban mucho y, sin embargo, no quería ser madre.

Al ver la nota en la mesita del vestíbulo, se dio cuenta de que no la podría encontrar. No estaría en su casa ni en su negocio, porque ella sabía que iría directamente allí. Derrotado, subió a su dormitorio, donde descubrió que había dejado el anillo de compromiso y se había llevado su ropa. Pero la prueba de embarazo no estaba en ningún sitio.

La buscó por toda la casa. Estaba en el cuarto de baño de la planta baja, y el resultado, que comprobó tras mirar el prospecto, no dejaba lugar a dudas: efectivamente, estaba embarazada.

Su primera reacción fue de espanto. Se acordó de Evan y de lo que había sufrido con su muerte. Pero después, se dio cuenta de algo importante de lo que no se había dado cuenta hasta ese momento: de que se había enamorado de Eva Atraeus o, más bien, de que estaba enamorado de ella desde su adolescencia, aunque la intervención de Mario hubiera puesto fin a su relación.

El espectro del su terrible pasado hizo que se sintiera peor que nunca. Había perdido a Nicola y a Evan. No los había podido proteger, y ahora estaba a punto de perder también a su segunda esposa. Pero no lo permitiría. Se había quedado embarazada. Le iba a dar un hijo. Y estaría a su lado si ella se lo permitía.

De repente, se acordó del allanamiento de morada que había sufrido y de la foto que estaba en la mesa del salón; un detalle extraño, teniendo en cuenta que el resto de las cosas estaban esparcidas por el suelo. ¿Qué estaba pasando allí? No lo sabía, y se maldijo para sus adentros por no haber prestado más atención. Fuera lo que fuera, era evidente que Eva tenía un problema grave.

Como no sabía qué hacer, descolgó el teléfono de la cocina y llamó Gabriel, que respondió al cabo de unos segundos.

–Se ha quedado embarazada, Gabe.

–¿Y eso es un problema? –dijo su hermano, con voz de estar medio dormido.

–Eso parece, porque se marchado.

Kyle le informó del robo en la casa y de su sospecha de que a Eva le pasaba algo.

–Ahora que lo dices, tuve una conversación con Mario poco antes de que muriera –comentó Gabriel–. Al parecer, Eva tenía un padrastro que se llevó todas las pertenencias de su madre y que, no contento con eso, intentó extorsionar al propio Mario. Creo recordar que también me dijo algo sobre un problema médico, pero no entró en detalles.

–Pues tengo que saberlo. Necesito acceder a la caja fuerte de Mario.

–Eso está hecho –replicó–. Te espero en el banco dentro de treinta minutos.

Kyle colgó el teléfono y volvió leer la nota de Eva. Estaba escrita en un sobre vacío y, cuando le dio la vuelta, vio la dirección de un detective privado, un tal Zachary Hastings. Más extrañado que nunca, se conectó a internet y lo buscó. Tenía una oficina en la ciudad pero, desgraciadamente, no abría hasta una hora después.

Luego, llamó al agente Hicks. El policía le contó que alguien estaba acosando a Eva, pero no le pudo dar el nombre porque era secreto de sumario. Sin embargo, Kyle no necesitó que se lo diera. Habría apostado cualquier cosa a que era el padrastro de su mujer.

En cuanto a lo demás, lo adivinó enseguida. Eva estaba acostumbrada a hacer las cosas por su cuenta y, al encontrarse en una situación difícil, había optado por afrontarla sola.

Una hora después, Kyle estaba en el despacho de Hastings. Su paso por el banco había sido de lo más esclarecedor, porque Gabriel y él encontraron un sobre dirigido a Mario que contenía dos cosas: unas notas sobre el problema genético de Eva y un informe psicológico donde se decía que se había escapado de su casa a los catorce años, huyendo del marido de su madre, un estafador.

Lamentablemente, Hastings no quiso darle información sobre la naturaleza de la investigación que estaba llevando a cabo, porque implicaba traicionar a su cliente. Kyle replicó entonces que Eva era su mujer y que, si quería cobrar por su trabajo, no tenía más opción que decírselo. Como cabía esperar, el detective cambió de actitud inmediatamente.

Dos semanas después, seguía sin encontrar a Eva. Sin embargo, estaba seguro de que la encontraría. Solo era cuestión de tiempo. Estaba embarazada, y tendría que ir a un médico en algún momento, porque su problema genético era una amenaza para el bebé.

Si hubiera tenido otra forma de encontrarla, lo hubiera hecho. Pero no la tenía. Eva solo le había dejado esa opción.

Capítulo Quince

Dos meses más tarde, Eva entró en la consulta de un especialista de Auckland. Se había alquilado una casita en la costa, al norte de Dolphin Bay, así que tuvo que subirse a su coche y conducir un buen rato para llegar. Una vez allí, la enfermera le pidió que esperara unos minutos y, mientras esperaba, apareció la última persona con la que se quería encontrar, Kyle.

—¿Qué estás haciendo aquí?

—Sabía que tendrías que ver a un especialista, y contraté a un detective para que descubriera dónde y cuándo.

—¿Me has estado siguiendo?

—Por supuesto que sí —respondió—. No te conseguía localizar y, cuando te encontré, decidí no correr más riesgos. Sé por qué te marchaste, Eva.

—Oh, Dios mío…

—Sé que tienes un trastorno genético y que podrías perder el bebé.

Ella frunció el ceño.

—¿Y eso te importa? Creía que no querías tener

hijos, que no soportabas la idea de perder a otro hijo.

–Efectivamente. No la soportaba. Pero las cosas han cambiado –replicó–. Pensaba que no conseguiría superar lo de Nicola y Evan. Como sabes, me sentía culpable de sus muertes.

–Tú no tuviste nada que ver. No los podías proteger de un atentado terrorista...

–Pero no les habría pasado nada si no hubieran ido a verme. Les estaba esperando en el cuartel, ¿sabes? Vi su coche cuando se acercaba. Y de repente, estalló la bomba.

Emocionada, ella se llevó las manos al estómago.

–No sabía que estuvieras presente cuando pasó.

Kyle guardó silencio.

–Puede que pierda el bebé... –continuó Eva.

–Lo sé, pero esa no es la cuestión. Te has quedado embarazada de mí, y quiero estar contigo. Quiero darte mi amor. Si me dejas.

En ese momento, la enfermera se acercó e informó a Eva de que podía pasar a la consulta. Ella le dijo que Kyle era su marido, para que la pudiera acompañar, y tuvo suerte de que estuviera allí, porque su presencia fue determinante.

Cuando el médico declaró que los resultados de las pruebas no estarían hasta dos semanas después, Kyle se comprometió a hacer una donación al laboratorio, lo cual aceleró el proceso de tal manera que se marcharon de la consulta con la seguridad de que los tendrían en cuarenta y ocho horas.

Al volver a la calle, Eva se dirigió al lugar donde había dejado el coche, con intención de marcharse.

–No, quiero que te quedes en la mansión –dijo él.

–¿Por qué? –preguntó ella.

Kyle cerró las manos sobre sus mejillas y la miró con dulzura.

–Porque estoy enamorado de ti. Porque te amo con locura, y quiero que vuelvas conmigo.

Un segundo después, Eva estaba entre sus brazos, aferrándose a él. No podía creer que se hubiera enamorado de ella. Pero era la verdad, y se sintió la mujer más feliz del mundo.

El médico llamó al cabo de dos días y, cuando Eva terminó de hablar con él, Kyle la interrogó al instante.

–¿Qué ha pasado? ¿Qué ha dicho? No tengas miedo de decirme la verdad. Si hay algún problema, lo afrontaremos juntos.

Eva tragó saliva.

–Está bien. No han encontrado ningún síntoma de la enfermedad –dijo, visiblemente emocionada.

Kyle la abrazó con todas sus fuerzas.

–Tendrías que habérmelo contado hace años…

–No lo sabía cuando te conocí. Lo descubrí después, cuando Mario me llevó a un especialista –le confesó ella.

–Ah, Mario… te dejé porque él me lo ordenó. Pero no imaginaba que fuera por eso. Pensé que no me quería a tu lado porque habías tenido una infancia difícil y no necesitabas sexo, sino protección.

Ella le pasó los brazos alrededor del cuello.

–Los secretos tienen vida propia. Te acostumbras a ellos y terminan formando parte de ti –declaró, mirándolo a los ojos–. ¿Te he dicho ya que estoy perdidamente enamorada?

–Hoy no.

Kyle bajó la cabeza y la besó durante unos largos y apasionados minutos. Luego, rompió el contacto, se llevó una mano al bolsillo y, tras sacar el anillo de compromiso, que Eva había dejado en la mansión, se lo puso.

–¿Nos vamos a casa? –preguntó.

–Por supuesto –contestó ella, encantada.

Por primera vez, estaba convencida de que las cosas iban a salir bien. Tendrían problemas, como todo el mundo, pero los afrontarían juntos.

Epílogo

Seis meses y medio después, Eva estaba dando los últimos retoques a la habitación del niño. No sabía si podría quedarse embarazada otra vez y, como quería disfrutar de la experiencia, se embarcó en el proceso de redecorar la salita, adjunta al dormitorio principal.

Kyle llegó a casa antes de tiempo y, al verla allí, preguntó:

–¿Ya has terminado?

Ella se giró hacia él y lo miró con ternura.

–Sí, creo que sí.

Eva se sintió súbitamente mal, y se acercó a la ventana para respirar un poco de aire fresco. Hacía mucho calor, lo cual no contribuía precisamente a aliviar su incomodidad, porque iba a dar a luz en cualquier momento.

–¿Por qué has llegado tan pronto?

–Porque quería estar contigo por si acaso –contestó él–. Anda, siéntate un rato. O mejor aún, túmbate.

–No, estoy harta de descansar.

Kyle se acercó a ella y le pasó un brazo alrededor de los hombros.

–¿Has guardado tus cosas en una bolsa?

–Las guardé hace semanas.

–Me alegro, porque nos vamos al hospital ahora mismo.

Eva lo miró con asombro.

–¿Cómo has sabido que tengo molestias?

–¿Cómo no lo iba a saber? Estoy tan acostumbrado a vivir con una mujer embarazada que hasta las empiezo a sentir en mi propio cuerpo. Mi secretaria lo encuentra de lo más divertido –bromeó.

Justo entonces, Eva notó una punzada tan fuerte que se estremeció. Y Kyle se puso pálido.

–Bueno, ya está bien. Voy a llamar al hospital. Nos vamos de inmediato.

Al cabo de unos minutos, llegaron a una clínica privada. Habían elegido ese lugar porque Sheldon Ferris había vendido la historia de Eva a la prensa antes de que la policía lo pudiera detener y, como los periodistas no dejaban de perseguirlos, se mantenían alejados de los sitios demasiado públicos.

Sin embargo, Sheldon no se había salido con la suya. En lugar de dañar la imagen de Eva, la había convertido en una especie de heroína que hasta tenía un club de fans.

Ya en la entrada, Eva se negó a sentarse en una silla de ruedas con el argumento de que necesitaba caminar un poco; pero, de repente, se sintió tan mareada que se habría caído al suelo si Kyle no hubiera reaccionado a tiempo y la hubiera tomado en brazos.

–Suéltame –protestó ella–. Debo pesar más de cien kilos.

–Eso no es nada para mí. Levanto pesas más terribles en el gimnasio.

–Suéltame… –insistió.

–No.

–Como no me sueltes, pondré el nombre que quiera a nuestros hijos.

Él se encogió de hombros.

–Bueno, mientras no los llames Tempeste o Maverick, me da igual –respondió con una sonrisa.

–¿Por qué estás tan contento? –preguntó, extrañada.

–Porque, cuando termine este día, tendremos una familia.

Cuarenta y cinco minutos más tarde, Eva había dado a luz a dos gemelos preciosos, un niño y una niña. Kyle, que estaba a su lado, los acunó un momento y los dejó en brazos de su madre, que no podía ser más feliz. Tenía todo lo que había deseado y mucho más.

Por supuesto, Kyle llamó inmediatamente a la familia y les dio la buena noticia, lo cual provocó que los Messena y los Atraeus se presentaran en la clínica con la energía de un huracán: primero, Luisa, Sophie y Francesca; luego, Gabriel y Gemma; poco después, Nik, Elena, Damian y Sky y, por último, Constantine y Sienna, que estaban de vacaciones en Sídney.

Se acababan de marchar cuando Benedict Mario y Grace Megan rompieron a llorar al mismo tiempo. Kyle tomó en brazos al niño y dejó a la niña con Eva. Pesaban poco, apenas tres kilos, pero gozaban de buena salud.

Eva cerró los ojos y dio gracias a Mario por haber intervenido en su vida. Gracias a el, tenía una familia y un marido perfectos.

Bianca

**Seducida como su cenicienta secreta…
¿querrá ser su reina?**

LAS CARICIAS
DEL JEQUE

Susan Stephens

Sola y embarazada, Lucy Gillingham estaba decidida a proteger a su futuro hijo de su peculiar familia. Pero Tadj, el atractivo desconocido con el que había pasado una noche inolvidable, había vuelto para revelarle un secreto sorprendente. ¡Estaba esperando un hijo de un rey del desierto! Tadj daría seguridad a su heredero, pero ¿estaría Lucy dispuesta a aceptar aquella propuesta escandalosa y compartir el lecho real?

Acepte 2 de nuestras mejores novelas de amor GRATIS

¡Y reciba un regalo sorpresa!

Oferta especial de tiempo limitado

Rellene el cupón y envíelo a

Harlequin Reader Service®
3010 Walden Ave.
P.O. Box 1867
Buffalo, N.Y. 14240-1867

¡Sí! Por favor, envíenme 2 novelas de amor de Harlequin (1 Bianca® y 1 Deseo®) gratis, más el regalo sorpresa. Luego remítanme 4 novelas nuevas todos los meses, las cuales recibiré mucho antes de que aparezcan en librerías, y factúrenme al bajo precio de $3,24 cada una, más $0,25 por envío e impuesto de ventas, si corresponde*. Este es el precio total, y es un ahorro de casi el 20% sobre el precio de portada. !Una oferta excelente! Entiendo que el hecho de aceptar estos libros y el regalo no me obliga en forma alguna a la compra de libros adicionales. Y también que puedo devolver cualquier envío y cancelar en cualquier momento. Aún si decido no comprar ningún otro libro de Harlequin, los 2 libros gratis y el regalo sorpresa son míos para siempre.

416 LBN DU7N

Nombre y apellido	(Por favor, letra de molde)
Dirección	Apartamento No.
Ciudad	Estado	Zona postal

Esta oferta se limita a un pedido por hogar y no está disponible para los subscriptores actuales de Deseo® y Bianca®.
*Los términos y precios quedan sujetos a cambios sin aviso previo.
Impuestos de ventas aplican en N.Y.

SPN-03

Bianca

**Fue secuestrada por su propia seguridad...
y seducida por placer...**

SECUESTRO
POR AMOR

Andie Brock

El millonario Jaco Valentino se enfureció cuando Leah McDonald o abandonó. Pero, en cuanto descubrió que Leah había dado a uz a su heredero, tomó la férrea decisión de protegerlos de su criminal familia de adopción. Para ello, Jaco secuestró a Leah y a su hijo y los recluyó en su remota isla siciliana... Sin embargo, oronto descubrió que la llama de pasión que seguía viva entre Leah y él era infinitamente más peligrosa que cualquier otra amenaza.

DESEO

Nunca se imaginó que su mayor rival la esperara vestido de novio en el altar

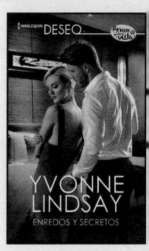

Enredos y secretos

YVONNE LINDSAY

Las instrucciones de la agencia de contactos fueron: solo tienes que presentarte a la boda. Yo te proporcionaré el novio.

Un matrimonio concertado era la única manera que Yasmin Carter tenía de salvar su empresa familiar de la bancarrota. Sin embargo, el guapo novio que la esperaba en el altar no era un desconocido para ella. Era Ilya Horvath y, desgraciadamente, era su rival en los negocios.

El carismático empresario decidió ganarse a su reacia esposa con toda la pasión posible… hasta que una escandalosa red de secretos amenazó con separarlos para siempre.